순리의 역행은 죽음의 길

김영길 제3시집

시음사
시사랑음악사랑

살아 있다는 것에 감사하는 시인 김영길

"살아 있는 모든 것에는 내일이 없다"라는 말을 김영길 시인 님을 만나고 더욱 절실히 느낄 수 있었다. 사람이 살면서 고난과 역경을 안겪은 사람이 없지만, 어느 날 갑자기 암(癌)이라는 선고를 받는다면 어떨까 하는 생각을 해본다. 김영길 시인은 잘 나가던 사업가에서 병마와 싸워야 하는 전사로 살아가는 시인이다. 세상과 싸우다 이제는 자신의 몸과 싸워야 하는 그 절절함을 시인은 어떤 표현의 방법으로 풀어내고 있을까 궁금하다, 마취상태에서 깨어 났을 때 그 몽롱함, 차가운 주삿바늘이 몸을 파고들 때의 느낌, 그러면서 살아 있다는 안도감, 그런 모든 것들이 김영길 시인이 표현 하고자 하는 것일 것이다. 외적, 내적 심경을 이미저리로 표현하려 노력하면서 완성도 있는 리리시즘 "lyricism"을 바탕으로 한 詩作을 예술 작품으로 표현하려 하루 열 시간 넘는 시간을 글 쓰는데 쓴다는 김영길 시인의 작품세계에서는 서정적인 정취. 심정, 고백이나 자아가 투영된 작품을 볼 수 있다.

김영길 시인은 그동안 두 권의 책을 출간했다. 이번 시집에서는 또 어떤 화두를 가지고 독자 앞에 섰는지 자못 궁금하다. 이번 제3 시집의 제호는 "순리의 역행은 죽음의 길"이다. 시인은 이번 3집에서도 내면의 혼란과 그로 인해 깊어 가던 종교적 탐구에 대한 의문들을 형상화하고 있다. 하지만 그의 작품들 속에서는 카타르시스 "catharsis"보다는 사랑과 관용, 그리고 인간이 꿈꾸어야 할 기대감을 강렬하게 부추기고 있다. 김영길 시인은 세 번째 시집으로 인해 세상과 소통하고 독자는 시인이 던진 화두를 찾아볼 것이다. 누구나 함께 할 수 있는 잔잔한 감동을 줄 수 있는 시집이 되길 바라며 추천할 수 있어 기쁜 마음이다.

사단법인 창작문학예술인협의회 이사장 김락호

시인의 말

시는 문학적 서정적 갈래로 눈으로 볼 수 없는 사물의 세계를 글을 쓰는 자의 감정과 정의 느낌과 생각을 문학의 예술을 통하여 자신의 주관적인 생각을 함축적인 외연의 일상 대화의 내용들이 숨겨져 내포되어 있다.

그러한 내용들을 압축과 생략과 줄이고 줄여 예술의 자유스런 창작의 독창을 통해 심상의 오감의 감각적인 이미지를 시각적, 청각적, 후각적, 미각적, 촉각적, 느낌을 시속에 담아내는 고도 고차원의 문학의 자유의 창작 활동의 예술이라고 생각한다.

때로는 반어법을 통해 외연으로는 모순되고 거짓된 것 같이 표현을 하지만, 내면에는 진실이 내포되어 숨겨져 표현되는 독특한 표현의 서정적 자아의 내용이 역설적으로 내포되어 있는 문학적 예술의 진실의 기교가 살아 숨 쉬고 문학의 연륜이 깊어 갈수록 숨겨진 깊은 내실 있는 작품의 품격이 더해 갈 것으로 생각한다.

시는 자신의 정신과 마음속에 잠재되어 있는 내면의 생각과 사상을 주관적으로 그림을 그린 것을 독자들이 그 그림의 형체가 무엇을 나타내고 있는가를 느끼게 하는 뜻을 뚜렷하게 제시하기란 무척 어려운 상황적 현실이 누구에게나 있다고 생각을 한다. 그러한 측면에서 부족한 자신을 생각하며 금번 시집을 펴내며 앞으로 문학의 보이지 않는 무형의 무한함을 표현하고자 노력하겠습니다.

2016년   월   일
시인 김영길

제 1 부 : 자연의 질서

제 2 부 : 죽음역사의 발단

제 1 부
자연의 질서

한강의 봄꽃 축제

포근한 봄날의 사월 서울의 한강 줄기를 타고
봄꽃 축제의 잔칫날이 여기 저기 꽃놀이로 반짝인다.

한강의 유람선의 고동 소리와 맑은 햇살에 물보라
빛이 유난히도 반짝이며 봄꽃놀이의 사물놀이 풍물
장단과 어우러져 봄이 무르익어 가는 계절의 맛을
느낄 수 있었다.

뚝섬의 한강공원엔 개나리꽃 축제
여의도의 불빛무대 한강 벚꽃 축제
반포 서래섬의 유채꽃 축제
고생대 경관 보전의 찔레꽃 축제
이촌동의 청보리밭 축제
홍제천의 벚꽃 야외무대 등으로
축제의 봇물이 터져 나오고 있다.

다양한 형태의 꽃놀이 행사가 시민들의 얼굴에
미소를 띠며 새봄을 맞이하는 새 기쁨이
새 희망의 꿈을 안겨주는 그리움의 추억을
가슴에 새길 수 있는 축제의 향연이 될 것이다.

수렁 논배미

수렁논에는 항상 물웅덩이가 형성되어
새봄을 맞아 새 생명들이 탄생하는
생물들의 보금자리로 올챙이 알들이
해파리 덩어리가 뭉쳐 있듯이 꿈틀
거리고 있다.

새봄은 새싹과 새 생명들이 탄생되어
번성하는 새 희망의 여정이 출발하는
귀한 계절이요, 청둥오리, 까치 까마귀
이름 모를 산새들도 알을 낳아 사랑과
정성으로 품어서 새 생명을 탄생시킨다.

봄은 꿈을 심어주는 꿈의 나라요
새 희망을 주는 제비도 친정을 찾아와
새끼를 탄생시켜 길러서 행복의 가정을

꾸미는 새 생명의 신선하고 거룩한 성스런
사랑과 축복의 계절의 참된 자연의 진실의
새싹이 샘솟는 생명의 계절이다.

꽃길 봄나들이

먼동이 트는 이른 아침 벚꽃과 개나리꽃이
만발한 꽃길을 꽃향기 흠뻑 마시며 걸었다.

아름다운 꽃들이 내가 시들기 전에 한 번 더
보아 달라고 환한 웃음을 지으며 반가워 하고
있는 모습이 더욱더 빛나는 착한 심성이었다.

새벽 아침부터 나의 얼굴에 웃음과 기쁨을 주고
정신과 마음을 정화시켜 주고 꽃과 같은 아름다운
삶을 살라고 교훈을 주고 있는 듯, 마음의 머릿속의
찌든 때를 씻어 주는 느낌을 주고 있는 것 같았다.

꽃과 사람은 서로가 말은 없어도 서로가 상통하고
인간이 탄생할 때 꽃다발로 축복해 주고
생일 때, 졸업 때, 승진 때, 결혼할 때도 꽃으로

입구에서부터 장식하고 마지막 죽어서 가는 길에도
꽃상여 타고 마지막 길을 가고 땅속에 묻히는 관 위에도
꽃잎을 뿌리며 영면의 길까지 희로애락을 같이 해주는
위로와 화평과 안식과 평안을 주는 친근한 친구이다.

목화 솜 같은 구름

하늘에 목화솜 농사를 지었나 봐?

하얀 솜뭉치들이 떼를 지어 하늘을
수놓으며 뜨거운 태양 빛에 목화솜을
바람이 부채질 해주며 말리고 있다.

뜨거운 태양의 열에 불이 날까 봐
바람은 시원한 바람을 불어 습기를
제거하며 목화솜 구름과 두둥실 우주
여행을 하는 모습을 연출한다.

하얀 목화솜으로 부드러운 이불을 만들어
예쁜 구름을 시집을 보낼 것인가?

하늘을 뒤덮은 목화솜의 모습이 너무나
아름답고 신비롭고 한 폭의 자연의 창조의
창작물이 온 세상을 하얗게 이 땅에
밝은 광명을 눈부시게 비추어 준다.

나의 발자국

내 인생의 발자국은 이 땅에 지워져
보이지 않지만, 내 머릿속에는 필름성이
있어서 동영상을 돌리면 화면에는 나타나지
않아도 내 마음의 눈에는 생생하게 보인다.

어릴 적 부모님과 형제들과 싸우며 전쟁의
폐허 속에서 고난의 농촌생활을 했던 생각
학교생활의 추억과 생존 경쟁의 사회제도
에서의 생활에 잘한 일 잘못한 일이 영화의
필름처럼 재생하여 보여 지는 느낌이 든다.

베트남 전쟁에서의 악몽도 머릿속 필름에는
남아있고 무거운 나뭇짐을 지고 산비탈을
뒹굴며 내려오던 어릴 때의 추억도 아련히
떠오른다.

그래서 몰라도 사람이 죽으면 영이 살아
저 세상에 가면 내 마음의 필름을 증거로 생생히
돌려주면 자기의 공과 죄가 샅샅이 들어나

자기가 판관의 선고 없이도 자기 자리를
스스로 천국과 지옥문의 길을 찾아갈 수
있는 세상일 것이라는 생각이 든다.

꽃과 잡초

아름다운 향기를 불러일으키는 꽃은
나비와 벌을 불러들여 나의 영양을
아낌없이 다 내준다.

겉모양도 예쁘지만 속마음씨도 착하기
한없는 꽃냄새만큼이나 향기롭다.

아름다운 꽃밭에는 이웃사촌이 있는데
그 잡초가 꽃나무를 괴롭힌다.

꽃의 영양을 뿌리에서 빨아드려 꽃은
말은 못해도 영양 부족으로 괴로움을
받지만 사람들이 잡초를 제거해 주니
사람들에게 고마워하며 항상 기쁨을
선사하는 것이리라.

잡초는 이름 없는 천한 몸, 꽃을 보고
얼마나 부러워할까?
괴로움을 달래며 꽃밭에 숨어 꽃의 향기를
흠뻑 마시고 싶은가 보다.

여자와 꽃

꽃은 가꿀수록 아름답고 향기롭고 예쁘다.
미의 상징인 여자도 가꾸고 단장할수록
꽃같이 향기롭고 아름다운 모습이 되는 것 같다.

인생도 꽃처럼 착하고 아름답게 신선하고 현명한
공의롭고 공적인 공급의 무한한 사랑의 아름다운

모습으로 사랑의 꽃향기처럼 낼 수 있다면 만인이
존경하는 귀한 존재가 될 것으로 생각된다.

인생도 자기를 아름다운 꽃 같은 좋은 마음씨와
남에게 새로운 향기를 품어내는 향수 같은 사람의
모습으로 살며 아낌없이 벌에게 꿀을 알몸 벗고

내어주는 넓은 아량과 사랑의 풍부한 그릇이 된다면
꽃을 통하여 많은 것을 배워 수확을 얻을 수 있으리라.

어머니의 마음

날씨가 추우면 이불이 되어주고
비가 오면 우산을 받쳐주고
우박이 내려 지붕이 무너지려 하면
지붕이 되어 주셨다.

해일이 밀려오면 방파제가 되어주고
태풍이 불어오면 모래마대 성을 쌓아
방벽을 만들어 대피소를 만들었다.

장마철 산사태의 거대한 무게를 막아주는
부모의 변함없는 사랑의 마음은 예전이나
지금이나 불변하는 것은 진심인 것이다.

밤이나 낮이나 자식의 안녕을 기원하며
시골 장독에 시루떡을 올려놓고 촛불을
밝히며 동서남북을 향해 절하며 자식을
위해 손을 빌어내던 어머니의 모습이
필름처럼 스치어 간다.

따뜻한 봄날

먼 산에 하얀 아지랑이가 산과 들에
봄날을 감싸고 온 식물에 세수를 씻기고
목마른 잡초들은 아침을 배불리 먹는다.

한가롭고 평화로운 산골짜기의 바위에서
흘러 내려오는 물소리에 봄의 정겨운 사랑의
온기가 온 천지를 감싸고 마음을 신선하게
정신을 정화해 주는 듯하다.

봄의 온기와 살며시 아지랑이 사이로 내미는
아침 햇살에 아지랑이는 햇볕에 말라 사라지고
시냇물에는 맑은 물고기가 헤엄을 치며 노는데

먹이 사냥을 나온 청둥오리들과 물새들은
오랜만에 봄을 맞아 포식을 하며 여유로운
즐거움을 노래하며 깊은 강물에 거울삼아
자기 얼굴을 띄우고 밝은 햇살에 그늘을 향해
휴식처를 찾아 강물에 실려 어디로 흘러간다.

친정집 찾아 온 제비

작년에 갔던 제비가 봄을 맞아 친정집을
지도와 약도도 없이 어떻게 잊지 않고
찾아와 내가 왔다고 인사를 하며 지저귀고
내 집을 비워 달라고 소리 내어 노래를 한다.

그 추운 때 따뜻한 필리핀에서 살다가 이곳에
왔는지 말이 통하면 물어보고 싶지만 참
신기하게 찾아왔다는 그 자체가 경이로운
생각이 들 정도로 반가운 마음뿐이다.

먼 바닷길을 망망 대로를 어떻게 쉬지 않고
날아 왔는지 수출입 배에 올라타고 쉬면서
왔는지 어떻게 정확한 좌표를 설정하고
찾아오는지 인간의 머리보다 더 영리하고
지혜롭고 슬기롭고 영롱한 재주가 있는 것 같다.

공항에 마약을 잡아내는 마약견들도 사람보다
월등한 머리와 후각이 있듯이 새들도 방향
감각이 사람보다 월등한 수준 이상의 비법을
가지고 있어 잊지 않고 찾아오는 것 같다.

자연의 섭리

천지간 만물지중의 자연의 섭리는
변함없는 각종 꽃들이 만발하고
피고 지는 자연의 섭리가 아름다운
진리의 표상처럼 신비하고 신선하다.

포근한 봄을 맞아 산새들이 둥지를 틀고
남녘의 제비와 여름 철새들이 모여들고
산 숲 속의 새들이 즐거워 지저귀는 소리가
기쁨과 생명력의 기를 발산하는 기분이다.

앙상하던 나뭇가지에는 잎사귀가 돋아나고
새싹이 솟아오르는 광경이 희망의 노래가
저절로 흥겹게 나오고 농부들의 밭갈이
하는 발길이 바쁘게 씨앗을 뿌리며 가을의
풍년을 꿈꾸며 보람찬 결실을 기대하게 한다.

늦잠에서 깨어난 생명

따뜻한 햇살이 그리운 음지에는
잔설의 기운이 남아 있는 듯
싸늘한 날씨에 게으른 개구리는

늦잠에서 깨어나 사촌인 두꺼비와
도롱뇽 가족들과 함께 모여서 본능적인
번식의 새 생명을 탄생하고자 꿈틀거린다.

싸늘한 날씨에도 벚꽃 진달래 개나리
살구꽃이 실개천에 환한 웃음으로 만발하고
뻐꾹새 노랫소리도 장단 맞추어 흥겹게
들리는 새봄의 새 섭리가 또 다시 시작된다.

창조의 섭리는 자연으로 자동으로 계절의
변화 따라 적응하며 새봄의 새 역사는
새 생명들이 활기찬 기지개를 켜고 힘차게
발산하는 귀한 생명력의 힘에 의하여 이루어진다.

옛날의 추억

새벽 캄캄한 밤중에 첫닭이 울면
새날이 밝아온다는 것을 예고한다.
시계도 없고 라디오 듣기도 힘든
시골의 형태 새벽엔 첫닭의 울음이
기상의 알람이요

해가 먼동이 틀 때 집집마다 굴뚝에
연기가 약속처럼 피어오르고 연기가
멈추는 시간은 아침 식사 시간으로
알고 살았던 시절이었다.

점심시간이 되면 면사무소에서 정오에
사이렌을 울려서 십 리 거리까지 소리가
퍼져나가 그 소리에 들녘에서 일하다가
집으로 돌아와 점심을 먹고 했었다.

저녁 시간은 해가 서산에 붉은 저녁노을이
지면 어두 캄캄한 달빛 그림자가 생길 때
하루의 농촌의 일을 마치고 고달픈 하루를
마감하는 지금에 비하면 원시생활인 셈이다.

추수 끝난 김제 평야

가을의 벼농사의 황금벌판이
알곡은 창고로 향하고 줄지어
물결치던 황금의 들판은
밑뿌리만 남긴 채 텅 비어 있다.

가을바람에 몸을 비비며 풍년을
노래하던 벼들도 정미소 창고에서
층층이 쌓아놓은 무게에 숨을
쉬기가 답답할 것이다.

가을바람에 흔들 춤을 추던
벼들이 알곡이 되면 떠나가듯이
우리 인생도 자식들이 알곡이
되어 떠나가면 텅 빈 큰집에
부부만 살다가 사라져 갈 것이다.

내 고향의 향수

산골의 지형 지수 따라
자연스레 펼쳐진 고향 마을
높은 집 낮은 집 일조권이
조화롭게 가리지 않고
옹기종기 모여 살고 있었다.

큰 마을에 우물 하나 새벽부터
두레박 물 떠올리는 소리
양잿물에 삶은 빨래 납작한
돌 판에 올려놓고 방망이로
두들겨 내리치는 소리가
하루 시작을 알린다.

우물가 앉아 채소를 씻으며
유일한 이야기꽃을 피우는
이야기 소리가 그칠 줄 모르는
한 식구 같은 정겨운 시골의
순수한 인정의 사랑이 넘쳐
흐르는 자연의 현상이었다.

이촌향도 현상과 도시화로
아파트 생활은 앞집의 이름도
모르고 살고 있으니 너무나
삭막하다.

추석 명절

어릴 적 추석 명절엔 새 옷
새 신발 하얀 쌀밥 소고깃국
포식하는 날로 손꼽아 기다리던
생각이 난다.

며칠 동안 쉬어야 하니 토끼풀도
몇 배로 소 풀 밥도 몇 배로
준비해야 맘 푹 놓고 쉴 수가 있었다.

저녁에 추석 보름달을 쳐다보며
저 달엔 누가 살고 있을까?
공상을 하며 달아달아 밝은 달아
콧노래 부르며 별을 보며 너는 달보다
높이 있어 달의 생활을 알 수 있겠지

혼자 흥얼거리며 저 달이 지고
해가 떠오르면 볏논에 참새 떼
쫓으러 가야 하니 놀고 싶은 생각에
이 밤이 좀 길게 계속되길 바랐다.

생물체와 생명체

천지간 만물지중이 음양의 이치로 됨은
주체와 대상이 체계 조리로 장을 펼쳤다.

참나무 있는 곳은 참나무만 소나무 있는 곳은
소나무만 대체로 되어 있다.

소나무는 엄동설한에도 얼어 죽지 않고 파랗게
있기 때문에 불변 불이라고 하고 무늬도 곱고
부드러우면서도 강하다.

참나무는 거죽은 딱딱하고 강한 체 하지만 강하지
못해 잡나무라 한다.

오동나무는 무늬가 참 멋있어 가구 제품은 일등감이요
좀이 먹지 않고 부드럽다.

피나무는 오동나무와 유사 하지만 기름같이 유하고
부드러우면서도 강하다.

박달나무는 갈기갈기 깨트려놓으면 강도가 세고
잘 터지지 않는다.

항철 나무는 미루나무 같지만 말랑 말랑하고 나무마다
성분과 요소가 다르게 조화로 이루어 나무를 생물
이라고 한다.

식물의 잡초를 생체라 하고 동물은 생물체 사람은
생명을 지니고 존재하니 생명체라 하는 것이다.

근원의 사랑

말 못하는 만물도 음양의 이치로 근원을 닮은
그가 자비 철학으로 이루어졌고 과학의 철학과
학문이 체계 조리로 질서 정연한 철학은 철학대로
무한한 깊이로 되어있고 넓이가 있고 광대 광범하다.

과학은 무한한 조화로 이루어 그 형태를 기묘하게
바꿔 희한한 조화라.

천지간 만물지중이 우리를 보면 말은 안하지만
우리를 보는 시선이 무섭더라.

인간이 행동을 함부로 취하면 생물들이 어떻게 보겠는가?
태양이 얼마나 두려운지 알아야 할 것 같다.

해와 달이 두렵고 밤에는 달이 있고 달이 없을 때는 별이 있고
낮에도 해 속에 가려 있지만 달과 별들이 반짝이며 바라본다는
사실을 알고 진실한 베푸는 사랑을 해야 할 것 같다.

천정이란?

근원의 원심이 힘을 가지고 자유 할 수 있는
천심의 창설 창조의 창극 이런 것이 기법에
의해서 설계도가 나오고 그에 맞추어 구조와
규격이 완벽하게 만들어 졌다.

인간도 이 속에서 존재한다. 인간은 상대조성
하며 조물주가 인간을 위해서 창조해 놓았기
때문에 인간이 인물이라고 상대조성하고 있다.

천정이라는 것은 사람을 살게 하기 위해서
산과 들을 좌청룡 우백호로 이루어 놓고
명기도가 작용하니 명기가 맥박이 튀고

정기도가 작용하니 정기전도 동하고 정기가
전류가 흐르고 돌듯이 돌아가며 모든 것을
사람의 몸에 구조처럼 만들어 놓았단 것이다.

이 안에서 식물이니 태양이니 진공이니 바람이니
공기나 산소 이런 것을 만들어 놓았으니 천정
속에서 인간이 상대조성하며 먹고 마시고 존재한다.

생명의 약비

아침 출근길에 벚꽃잎들이 인도에
떨어져 하얀 눈을 밟는 기분으로
걸으며 출근 하였다.

늦은 퇴근길에 전철에서 나오니 생명의
약비가 내려 즐거운 마음으로 고마움을
느끼며 식물의 새 생명들이 약비를 맞으며
즐거워하는 모습을 느낄 수 있었다.

움트는 새싹에 생명수를 내려 주니 목말라
기다리던 차에 고마워하며 목을 축이고
수분을 땅에 저장해 주니 한동안 행복한
삶의 생명의 활동을 전개할 것이다.

이것이 바로 성령의 양식과 같은 식물들의
생명수요, 농부들에게는 봄에 씨앗을 뿌리며
생명의 씨앗에 눈을 틔우는 종자를 땅속에
심고 가을에 추수를 기대하는 희망의 기대가
가득 찰 것이다.

꽃눈이 내린다.

화무십일홍 (花無十日紅) 이란 말처럼
보기 좋은 아름다운 꽃잎이 떨어져
꽃눈이 되어 발길에 밟히고 있다.

아름다운 봄날을 향기로운 향내로
진동하더니 나뭇잎이 솟아 나오고
꽃잎은 나무 잎사귀에 밀려 떨어져
내린다.

온 산천에 눈꽃송이 하얗게 물들이고
산에는 진달래꽃이 만발하고 계곡의
흐르는 물줄기 따라 봄의 향기를
품어내는 향취가 코를 진동시킨다.

농부는 산비탈 밭을 일구며 씨감자를
심고 기름진 땅에 싹이 트고 잎이나니
풍년의 희망이 솟고 생기가 샘솟는다.

하룻밤 사이

어제까지 나무들이 나체로 온몸을 드러내더니
밤에 내린 성령의 비속에 섞여 있는 영양소를 흠뻑
마시더니 떠오르는 아침 햇살에 산들의 나무들이
약속이나 한 듯 노란 연두색 옷으로 갈아입었다.

나무 잎사귀가 나오면 그늘에 가려 꽃의 아름다운
모습이 숨겨질까 봐 그렇게 바쁘게 꽃망울을 서둘러
터트렸는가보다 나뭇잎이 새파랗게 나오니 잎사귀
속에 꽃이 가려져 가는 모양이 연출된다.

함께 어울려 있는 모습도 성숙한 이미지의 새로운
옷을 입으니 봄의 계절은 무르익어 가고 뜨거운
여름의 열기에 봄날은 쫓겨 갈 날이 가차와 지는
계절의 변화를 예고하는 듯하다.

한 계절이 가면 순리의 순서에 따라 돌아가고
돌아오는 세월의 변화는 인간은 막을 수 없는
자연의 섭리 앞에 순응하고 추우면 옷을 입고
더우면 옷을 벗고 환경의 지배 속에 순응하며
적응하는 길이 순리의 길인 것 같다.

외길 인생

길을 가다가 길을 잃으면
지나는 사람에게 길을 묻는다.

사방팔방 네거리 길에서 머뭇거리며
이리 가도 되느냐 묻는다.

늙은 노인은 지팡이를 짚고 힘이 부친 듯
내 갈 길이 얼마 남았느냐 묻는다.

가야 할 목적지가 코앞에 있는데도
묻고 되묻고 하는 게 다리가 아픈가 보다.

갈 길이 어디인지는 몰라도 아픈 다리
주무르며 그저 길이 보이면 길이 오라 한다.

무지하고 몽매하고 미련하고 미숙해도
인간은 오직 외길 인생길만 걷고 있다.

수행

칼을 갈면 갈수록 날이 나듯이
정신도 갈고 닦을수록 때가
벗겨져서 빛이 나지만 덮어
놓으면 녹이나 안개만 자욱하다.

체와 체대의 근원

있기는 있는데 보이지 않는 것을
보이게 나타내신 분들이 조물주다.

이분들이 생명의 근원이시고
원료의 근원이시고
학문의 근원이시고
체와 체대의 근원이다.

그러니 천륜이다 천륜이 저절로
온 것이 아니다.

내 부모를 천륜이라고 하지만
그것은 연대의 천륜이요, 조상의
천륜이다.

진짜 천륜은 조물주로부터 온 것이다.

우리 몸체가 과학이다.

조물주는 두 분이 처음 전부터
천살도요 천살의 결백이시다.

두 분 조화 체 분들이 모든 것을
자비철학으로 좌청룡 우백호의
면적을 앉고 맥박이 뛰고 정기는
활동하고 저 산들이 우습게 된 것
같지만 좌우로 딱 되어있다.

조물주 두 분 몸체가 과학이다.
우리 몸체도 그것을 닮아 과학이다.

우리의 눈도 흑막 홍막 수정체 동공 눈이
조그맣지만 이 안에는 알맹이가 들어있다.

싸고 싸서 흑막은 심 소장을 주장하고
홍막은 허파와 대장을 주관하고
수정체 동공은 신 방광을 주관한다.

머리는 지구처럼 둥글게 생겨 뇌파가
반으로 갈라져 오른쪽은 정신
왼쪽은 마음 이렇게 뇌신경이 있어서
신경이 짜르륵 와서 빨리 전달해 준다.

뇌파 속에 내적인 정기는 지능과 내체의 정기요
외체의 정기는 수정체 동공이 만물을 거둬 넣고
진미를 맛볼 수 있게 사람을 묘하게 만들어 놓았다.

천살도(남) 천살 결백(여)은 : 아주 맑고 깨끗한 결백한 조물주를 말함

분 별

지상의 수억 년 역사에 성현들과
의인 이런 분이 수없이 왔다 갔다.

그러나 생명의 근원을, 과학의 근원을,
생물학의 근원을, 발견한 자는 없다.

생명이 어디로부터 와서 유지되는가를
분명히 알고 살아야 되지만 모르고 산다.

하늘에 산 역사와 땅의 죽음의 역사를
분별할 수 있는 자가 못 되어 바보스럽다.

세부와 조직이 세내 적으로 선명 섬세하게
삼라만상이 무형과 유형이 상통 자유 한다.

헛된 생각에 빠져 진흙탕에서 헤매지 말고
신선한 공간에서 현명하게 살아야 하지 않을까?

정신의 자존심

공부를 많이 한자는 교만 위치 명예 권세
권력 이런 것을 하는데 분별없이 하니 죄다.

우리 육신은 기계체가 아닌가?
정신과 마음이 시키는 대로 하니까
도둑질도 하고 자기 잘못은 묻어두려 하고
남의 것을 욕심내고 탐내고 한다.

사실은 정신이 밝아야 사물을 보는
눈이 분별하는 분별성이 있는 것이다.

정신과 일치되면 일심정기니까 마음에서
작용할 수 있는 능력을 갖추어지게 된다.

그러면 위치가 당당하고 권세도 권력도
명예도 약속의 자유대로 되어 성현이 되고
더 높이 현인이 될 수 있고 거짓말 없는
자기에게 유익한 현명한 삶이 될 것이다.

흙에서 왔다고

인간이 흙으로 왔다 흙으로 간단다.
천만에야 흙은 흙토 자 흙이다.

흙은 오염 안 된 흙은 생기하다.
마그마가 가까운 곳은 흙은 땅이
탄 냄새가 구수한 것이 현실이다.

그런 데는 그런 맑고 깨끗한 물 내려
오는 것을 보라 공기가 신선하고
나무 잎사귀들이 산소를 품어내고
얼마나 신비한 과학으로 이루어
놓으셨는가?

참되게 살아야 할 것 같다.
사람은 상대를 조성하여 애기를 낳고
죽으면 육신은 썩고, 정신은 하늘에서
주었다고 산화되어 없애 버리고

마음은 나가서 둥둥 떠다니는데 절에서는
저승길이라 하고, 교회에서는 영계라고
하지만, 거기서도 도를 닦은 도인들이
강자가 아닌지 죄 많이 진자는 고통의
댓가가 있을 것 같다.

태양이 지구를 싸고돈다.

이 지구 혹성은 자전의 힘에 의하여
자동으로 증발 공전하고 지구를 태양이
싸고돌며 중력의 힘이라는 것이 있는데
그 중력의 힘을 우리가 이것을 넓은 것을
평청 이라고 한다.

지리에다가 평청 넓은 평화를 만들고
좌청룡 우백호를 가지고 면적을 끌어안고
사람이 그 정기 속에 사는 것이다.

여기에 지도에다가 지리를 딱딱 붙여 거기에는
뭐가 있냐면 자력이 착착 붙어 있어 우리가
땅을 디디면 자력의 힘이 오고 땅겨 붙어
균형을 잡느라고 자석의 힘이 태양을 싸고도니까?

지구가 소리가 나지만 진공이 잡아 가니까 고요하다
그렇지 않으면 진동이 친다는 것이다.

이것을 자석의 힘이 잡아 고정시키고 이 공기층과
기체층 또 가스와 가스가 일어나고 터지고
인간에게 유익하게 갖가지 힘이 합류 화
되어 있는 것이 중력의 힘이다.

의인

인간 세상은 얼음덩어리보다 더 냉정 하지만
천지간 만물지중의 생물이나 생물체는 고요히
말이 없지만 그것들은 때를 지켜서 잘 이행한다.

봄 되면 잎 피고 꽃피고 다 소생해서 열매 달리고
평화스럽게 아름답게 찬란하게 이렇게 자비와
철학이 유도하는 것이 겸손하게 입하 때 오면 잎이

활짝 펴 반들반들하게 보이고 인간은 상대를 조성
한다는데 감사할 줄도 모르고 밥 먹고 배설만 하면
제일인 줄 알고 자기 혼자 먹으면 좋은 줄 알고 남을
위해서 헌신하지 아니하려고 함이 악한 마음이다.

죽겠다고 피나는 노력을 해서 공부한 사람을 성현이라
하고, 안 배웠어도 정이 많고 이치와 의미로 살고
약속을 어기지 않는 사람을 의인이라 하는데 사람이
선하게 살려면 모든 것을 뜯어 고쳐야만 할 것 같다.

꽃 같은 마음

꽃은 외모도 아름답고
속마음씨도 착하다.
대문 활짝 열어놓고
벌과 나비에게 꿀을
아낌없이 나누어 준다.

꽃은 향기도 아름다워라
지나는 바람친구 동원하여
향기를 날려 거리를 거니는
사람들에게 향기에 취해
머리를 정화해 준다.

항상 방긋 웃는 얼굴로 나타나
찡그린 얼굴 웃게 해 주고
인간들 마음에 희망을 주니
너의 꽃동네를 지날 때 발걸음을
멈추고 너를 닮고 싶어 한단다.

생명의 탄생과 동시 꽃으로
축하하고 생일 때마다 등장하는 꽃
결혼할 때도 꽃 세례 받고
세상을 이별하는 저승길에도
꽃 속에 파묻혀 사라져 간다.

호수 공원

맑고 맑은 푸른 호수 위에
인공 물기둥이 솟아올라
따스한 초여름 햇살에
안개와 같이 분사되어
호수에 그림자가 선명하다.

호수 위에 떠 있는 꽃배 보드
자전거를 타고 누워서
하늘을 쳐다보며 페달을
밟으며 휴가를 즐기는 가족의
모습이 마냥 행복한 듯 보인다.

잔잔한 맑고 푸른 호수에는
잉어와 비단 황금 색깔 물고기도
떼를 지어 헤엄치며 세를 과시하듯
일렬로 행진을 하고 있다.

자연과 호수가 어우러진 일산의
호수공원 나무 그늘에 앉아 푸른
햇살에 출렁이는 물결이 아름다워
고요한 평청과 수평을 이룬 물의
향연이 한없이 아름답기만 하다.

넓은 광야 같은 호수를 바라보니
내 마음도 그대처럼 넓어지고
정신과 마음의 육신 속의 찌든 때가
맑은 호수에 세탁되어 백옥같이
깨끗해지는 듯 느껴진다.

자연의 질서

새봄을 맞아 봄 꽃내음이
무성한데 벌써 계절은
입하로 진입하고 봄을
밀어내는 마지막 봄비가
바람과 같이 휘날리며
뿌리고 있다.

기체는 천지간 만물지중을
조정하고, 기후는 천지간
만물지중을 조절하며
기후와 기체가 상통자유
하며 주고받는 힘 속에
계절은 변화해 간다.

왕성한 성장을 해야 할
식물들은 흠뻑 내리는 단비에
하늘에서 영양을 듬뿍 내려
주시는 약을 빨아 섭취하고
생기가 반짝거린다.

자연의 섭리는 순리의 진실을
찾아 순수한 자연의 법칙의
질서를 유지하며 한없고 끝없는
자비의 철학으로 자연을
통해 베풀어 준다.

꽃길

맑은 하늘 따스한 아침 햇살을
맞으며 꽃향기 가득한 꽃길을
거닐며 출근을 할 때마다
꽃님들이 웃으며 인사한다.

새벽이슬 맞으며 꽃님들이
세수를 하고 밥을 먹고 아침
손님을 맞는 듯 활짝 웃는
얼굴 인상에 내 마음도 저절로
웃음꽃이 핀다.

보고 또 보고 뒤돌아보아도
아름다운 꽃이여 꽃향기 품어내는
꽃내음에 취해 코에 모여드는
너의 진실 된 향기가 온몸에
온종일 배여 있다.

볼수록 보고 싶은 사랑의 꽃이여
너희가 있어 삶의 행복이 즐겁고
상쾌하고 유쾌하고 통쾌한 꽃같이
아름다운 미래의 행복의 꽃길이
영원할 것만 같다.

태양과 달

자연의 천륜의 천정은 천심으로
나타난 힘이 존재하지만 인간은
무지하여 생각하지도 못 하지만
천문학에서는 태양도 귀하고
수정기도 귀하고 인간의 생명도
귀함이라.

자연은 태양을 통해 고체의 진미를
내 주시며 당도든지 갖가지 영양을
공급하고 온기 온도를 조절하며 기후는
천지간 만물지중을 조절해 준다.

태양은 땅에 생물체를 성장시키며
불면 날아가고 쥐면 깨질세라 갖가지
영양소를 부어서 높고 낮음 없이
공의롭게 공적으로 공급해 주신다.

달은 물을 주장하고 작용함으로써
땅의 모든 영양소를 흡수시켜 생물이나
생체나 식물들이 영양소를 뿌리로
당겨서 체목으로 올려서 잎사귀로
돌아오게 한다.

천연의 기체는 비틀어지는 식물들을
바르게 하고 햇빛의 광선의 힘에
끌려가 비틀어지고 찌그러진 것을
바로 세워주며 기체가 엄청난
큰일을 해 내신다.

자연의 진실

자연은 근원의 원인을 닮아
결과로 나타난 결론이 순수하고
결백하고 소박하고 참된 진실이
영원불변하다.

천지간 만물지중이 근본 뿌리가
왕성하고 생동감이 끓어 넘쳐흐르고
때맞추어서 절기 따라서 소생하고
잎 피고 꽃피고 열매 달리는 자연을 보라.

절기 맞추어 자연은 자기 소임을
톡톡히 해 나가건만 인간을 보면
말만 하고 거짓된 생활에 얽매어서
속고 속이고 의심하며 괴로움을 느낀다.

자연과 사람이 합류되어 있는 것 같지만
딱 분리되어 저 잡초나 생물이나 식물들도
사람을 우습게 보고 아침 햇살 해 돋을 때
사람이 앞에 오면 저 잎사귀들도 고개를
확 돌리는 인상을 느낀다.

실존

인간의 생명을 유지하는 요소는
살아 활동하기 때문에 조물주는
살아 계시다는 증거만 있다.

왜?
물도 있고, 태양도, 공기도,
산소도, 땅도, 생물체, 생체,
생명체도 모든 게 살아있다.

창조 창설 창극을 이루신 분이
실체란 말씀이요, 실존님이
실체를 낸 것이 전부 살아서
증거 하고 있다.

그 분은 오늘 이 시간까지
젊은 그대로 수천 억년 넘도록
존재하신다는 것을 상상해
보아야 할 것이다.

무형의 공기 바람

보이지 않는 무형실체의 공기 바람과
보이는 유형실체의 자연의 삼라만상이
천문도가 무언 무한하고 찬란함이
신출귀몰하다.

이와 같이 이루어 놓은 섭리 자유가
어찌 저절로 이루어 왔겠는가를
한 번쯤 헤아려 보아야 할 것 같다.

발사 발생하여 전지 술을 놓아
지형을 내려 찬란한 정경을 이룬
윤곽이 분명한 것은 근원의 원천이
완벽함이라.

무형실체의 자유가 유형실체로
나타나 지속 연속으로 천문지리
진전에 운세가 자유 되고 진지하고
천지간 만물지중이 음과 양으로
이루어진 상태 상황이 아니겠는가?

무지 신비

생명을 지닌 생명체는 음과 양을 지니고
살아 있음이 분명한 이치요 수축전과
전파선과 진공전과 자석전이 완벽함으로써

수축의 힘과 전파의 힘과 진공의 힘과
자석의 힘이 전과 전이 한데 뭉쳐 작용
일치한즉 작동일치하고 작동일치 한즉

율동회전 함으로써 회전 자유를 분명히
하는지라. 모든 세부 조직망이 완벽하게
구조에 맞추어 조립되어 있고 고리를 질러

완벽하고 무한정한 힘이 무한하여 영원
불변함을 뜻함이요 영광의 새뜻이 형상을
이루어 일과 월과 해를 타고 천문지리

진전에 운세를 타고 나타남이 형상으로
나타난 조물주가 활동 체는 신출귀몰한
영광자요 무지 신비함이라.

분별2

생물과 생명체는 분별되어 다르다.
생물은 음과 양으로서 서로 성분을 지니고
요소를 지녔은즉 조화를 이룸이요

생명체는 본문을 지니고 본질을 지니고
진리를 확고하게 진리 체로써 완성으로
이루어졌기 때문에 이성 성상으로

분명하게 사랑의 근원체가 본문을 지니고
형상이 완벽하게 세부 조직망으로서 운명
철학이 되어있고 또한 천문지리 진전의

운세를 타고 나오기 때문에 운이 딱딱 오면
운을 진행할 수 있는 자가 운을 받아 감당하고
처리할 수 있는 자가 바로 존재인일 것이다.

남은 생애를 사랑하고 싶다.

내 생은 고희 70 정상에 올라 왔다.
긴 세월의 강을 건너 정상에 올라
내려다보니 지나온 흔적의 길마저
보이지 않는다.

지난 생의 역사를 더듬어 생각해 보니
괴로운 전쟁터에서도 생명은 살아남아
왔음에 내가 누리던 행복이 무모한
헛된 시간인 것 같다.

인간의 삶은 우리의 생명을 유지해주는
하늘과 땅과 물과 공기와 산소는 영원한
생명을 유지하며 존재하고 있다.

어찌하여 인간은 태어나 살다가 연륜의
연식이 노쇠하여 약으로 생명을 연장하며
많이 살아야 100세 인생 남은 생애 이나마
나를 이젠 사랑해 주고 싶다.

생명의 시계

엄마의 뱃속에서 생명의 탄생을
울음으로 신고식을 함과 동시에
인간의 마라톤 시계는 똑딱똑딱
쉬지 않고 돌아간다.

먼 훗날 마라톤 목적지가 나도
모르게 도착하는 날, 깜짝 놀라
되돌아보지만 시계는 한 방향으로만
돌아가니 되돌릴 기술이 없다.

인간은 태어나 육신의 기계체가
낡으면 죽는 것이 합당한 진리처럼
정해진 인생길의 코스처럼 받아들인다.

태어나 갖은 질병과 환경의 고난 속에서
살다가 죽을 인생을 왜? 탄생을 하는가?
무슨 연유인지 반문하며 의심하지도 않는다.

진달래 꽃

아름다운 꽃을 보여주기 위해
잎보다 먼저 꽃망울을 활짝
터트렸나 보다.

음지에는 아직 눈이 녹지
않았는데 양지바른 햇살의
정기를 받아 꽃이 피었나 보다.

산을 찾는 등산객들 활짝 핀
꽃을 보고 어루만지며 쓰다듬어
사랑을 표현을 해준다.

잔설(殘雪)에 숨어 있던 청솔모와
다람쥐도 아침 내리는 찬 서리로
세수를 한다.

봄의 진달래꽃은 새봄의 문을
활짝 여는 첫 출발의 마을의
향연의 잔칫날이다.

새들의 봄노래

우거진 산속에는
높은 나무 꼭대기에
새들의 둥지가 보인다.

공중을 경계하고
땅에서 나무에 기어
올라오는 적들을 제압
하고자 명당자리를
잡은 것 같다.

산속에는 종달새 서쪽 새들이
지저귀며 생명의 탄생의
역사를 위해 알을 품고
새끼들 먹이를 주느라 바쁘다.

봄날의 포근한 산속에는
생명의 탄생의 물결이
생동감이 끓어 넘치고
새들도 새 작곡된 새 노래로
장단 맞추어 노래를 한다.

철새의 여정

철새들이 떼를 지어 삼각 편대를
이루며 바람의 저항을 가장
현명한 방법으로 줄이며
알몸으로 여행을 떠난다.

가장 앞을 나는 첨병이 너무 지치면
앞뒤로 교대를 하며 모든 편대가
힘의 균형을 유지하며 하늘 높이
수를 놓으며 날아간다.

가다가 배가 고프면 땅에 내려 식사를
하고 이합집산(離合集散)도 질서 있게
군대의 열병식 훈련처럼 일사불란하게
낙오자 하나 없이 하늘을 날아간다.

맨 앞의 지도자의 구령과 명령에
한 치의 흔들림 없이 하늘을 수놓은
철새들의 수천만 마리의 창공의
행진의 향연이 아름답기만 하다.

겉과 속

깊은 물 속은 긴 줄을 내려뜨려
땅에 닿은 줄을 재면 물속
깊이를 알 수가 있다.

사람의 속마음은 잴 수가 없어
깊이를 측량할 수가 없어
열 길 물속은 알지만 한 길
사람 속은 모른다 한다.

모든 사람들이 상대의 마음을
알 수 없어 상호작용에 의한
거래를 할 때 서로가 의심을
하고 색안경을 쓰게 마련이다.

겉 다르고 속 다른 인간 세상이
되어 믿고 정하고 통하지 못하는
사회 환경이 조성되는 한, 마음
편한 세상은 거리가 먼 것 같다.

심판 대

이 땅에 나타난 유형실체는
조물주의 조화자의 요소를
닮아 이루어져 성분이 있는
곳에는 요소가 있고 요소가
있는 곳에는 그 합류일치에
그 협동을 이루어놓은 독립의
자유가 조화라.

이것이 모두가 숨 쉬고 살아
있으면 생동감이 끓어 넘쳐
흐른다는 말씀은 바로 당신이
내놓은 것은 피나는 노력으로
나타남이지 저절로 온 것이
아니다는 뜻이다.

천지간 만물지중 속에는 인간도
패자라. 왜 그럴까?

정신과 마음이 옳지 못하기 때문에
지금 때는 도마 위에 고기가 올라서
있는 것 같이 도마 위에 고기가 놓이면

칼로 난도질을 치듯이 심판대에
서는 날이 운세 따라 머지않아
올 것이다.

조화의 완성 자

천지를 구성 구상하여 펼쳐놓으신
조물주는 조화 자니까 완성 자이시다.
조화자지만 학문을 갖추어서 내
놓을 수 있는 권능을 베풀 수 있다.

첫째 조화 자는 완성자요
둘째 일심 일치 정기라
셋째 무엇을 가지고 계셨을까?
도술 진문 술을 가지고 계셨다.

진문 술로 진을 치니 진에 따라
문을 열고, 문에 따라 술을 펴고,
체계 조리로 되어있어 원문이
정연하고 본문이 정연하다.

일심 일치의 정기가 생의 중심체요
생의 주인이요, 힘의 주인이요,
조화의 주인이요, 도술 진문의 주인이요,
핵 같이 반짝이며 자유자재 하시기
때문에 천체를 아시는 분이시다.

사람은 조물주와 동격이 못 된다.

조물주의 근원을 닮은 원인이 결과로
나타난 피조만물이 결론으로 자연의
법칙으로 나타난 자연을 보아 그분과
가까워질 수 있어야 천륜의 천정을
알 수 있다.

이 땅에 사람이 주라고 독생자로
왔지만 자기 책임분담을 못하고
자신이 만왕이라고 외쳤으니

그 제자들은 그분을 조물주
하느님과 동격으로 격상하였으니
이것이 거꾸로 되는 것이다.

천지를 창설 창조 창극의 극치를
이루신 조화자께서 천심의 원문으로
이 공간에는 원리와 논리로 펴시고

원문으로 펴시고 원문 본문의 본도가
완벽함으로 본도의 자유가 불변 절대
약속대로 이루어놓은 것인데 저절로
자연이 나타남이 아니다.

멋있는 삶

사람이 멋진 것은 아주 신선한
마음에서 뭐든지 싹이 터서
완성되어서 서로 허물없이
주고받는 것이 멋진 것이요
서로 믿고 정함이 통함이라.

그게 참 멋이 있고 한 번
놀아도 멋진 사람이 가니까
멋지게 노는 것이요, 멋이 있는데
맛이 있고, 맛이 있는데 통쾌하고
통쾌한데는 통할 수 있다.

그러니 얼마나 좋을까?
쾌활하게 살자 서로가 으르렁하며
살면 서로 얼굴을 보고 서로
눈빛을 보면 나쁘다는 말이다.

멋지게 사는 사람 맛이 있어!
맛이 있는 데에는 통쾌함을 느끼고
경쾌하고 상쾌한 데에는 아름답고
찬란하고 평화스럽게 화평이
사랑의 온기가 차고 넘친다.

이슬비

어제 어린이날은 맑게 갠 하늘에
전국에 어린이 행사가 온 가족과 함께
해 맑은 새싹들의 재롱 놀이에
참 즐거운 하루였다.

햇님도 흠가 티가 없는 어린이들을
무척이나 사랑하는 것 같다.

이튿날은 하루 종일 이슬비가 내린다.
길가의 가로수들은 내리는 이슬비에
샤워를 해서 잎들이 반들반들하며
즐거워 어쩔 줄 모르는 표정을 한다.

내리는 이슬비에 하늘에서 비료와
신비한 성스런 약을 섞어 내려
주신 듯, 잎의 왕성한 푸른 옷이
유난히도 기름같이 빛이 나고
성스러운 녹색의 광채가 신비롭다.

전진 자유를 못 한다.

지구의 땅을 밟고 살면서도
햇빛의 광명의 은혜를 입고
있으면서도 하늘과 땅이

저절로 생겨난 것이라고
조물주의 천륜을 무시하고
산다면 그것은 죽은 생명이다.

사물을 판단도 못 하는데
유형실체로 나타난 생물이든지
생물체 생체든지 알지 못함이
죽은 것이나 다름없음이라.

지나간 역사만 교과서로 배우며
죽은 업적만 남기고 간 사람의
정신을 닦은 것밖에 더 배우는가?

이미 죽어갔기 때문에 추억으로 그때
슬펐구나,
참 기뻤구나,
배가 고팠구나,

추억만 있고 아무것도 없는데 지나간
역사만 밤낮 외쳐대기 때문에
전진 자유를 못 한다.

입에 쓴 것이 약이다.

사람의 위는 나무의 뿌리와
같아서 나무뿌리는 물을 제대로
당겨다가 돌리고 나무는 물과
여러 가지 영양소를 돌리니까?

피가 도는 것 같이 사람도 위가
좋아야 피가 잘 돌아서 각 기능이
파괴가 안 된다. 기(氣)가 막히면
세상이 귀찮고 노곤하고 까라져
의욕이 사라진다.

약은 입에서 쓰지만 몸에 이로움은
갖가지 기능을 돌려서 피를 돌리니까
달다는 것이고, 단것은 쓰다는 것이다.

입에 단 감주는 처음에는 새콤하며
달지만 초맛처럼 변하면 시고 쓰고
맛이 없고 몸에 해롭다.

비 양심

천연의 자연의 이치는 조물주가
불변불로 이루어 순리 정연하게
근심 걱정 없이 조성할 수 있는
능력자 분이시다.

능력을 갖추지 못 한자가 어떻게
능력자가 되며 권능을 베풀 수
있으며 은혜 자가 되겠는가를
생각해 볼 일이다.

첫째
우리가 나를 알지 못하고
나를 찾지 못한 나를 모르기
때문에 인간 세상은 거짓말을
잘한다.

거짓말 속에는 항상 비양심이
거짓됨이 도사리고 있는 속에
기회만 닿으면 거짓됨으로
놀아나니까?

온전한 사람이
보았을 때 마음이 상한다.

소설 같은 추억

항상 우리 인간은 옛날에 지나간
선지자들의 역사를 이야기해 봐야 지나간
추억의 소설 같은 이야기책이다.

지난 추억에 얽매이면 미래를 위해
달리지 못하기 때문에 희망이 없고
미래를 달릴 수 있는 추진력이 강해야
만이 그 추진력의 역사가 이루어지는
것이다.

조물주의 아들딸이 죄를 안 지었다는
희소식을 귀문이 열려 알아들을 수
있어야 하고 천문학의 고도 고차원의
고학문을 느낌을 터득해야 될 것이다.

왜?
떳떳하고 순리 정연하고 윤리도덕이
완벽하고 학문의 자유가 불변절대
약속대로 이루어진 천문의 학문의
제도가 분명하기 때문이다.

거짓된 사람이 모여 욕심만 가득차서
헛된 세월을 보내면 사람이라고
사람이 다 사람이 아니다.

심판 때 죽는 흉내 내는 춤

조물주 하느님의 생애 공로가
산 역사인데 그 분이 강림하서
산 역사를 알려 주어도 알지도
못하면 어떻게 할 것인가?

자기 행동 절차를 인간들이 못하고
지난 역사만 되뇌고 조물주와
멀리 있으면 지금은 도마 위에
올라선 심판 때인데 어찌 할꼬?

요사이 운세 따라 유행하는 춤이든지
노래든지 심판 때, 뒤틀며 살이 튀고
지글지글 끓어 흐르면서 없어지는
그 흉내를 다 내고 있는 것을 보라.

옛날에 고전 춤은 한이 맺힌 춤이지만
아프리카 춤은 전부 귀신 춤이기 때문에
광증을 부려서 맨발로 불에 가서 뛰고
광기가 있는 춤이다.

효율자

조물주는 효율자요 무언 무한자요
몸체가 없으실 때부터 조화자시기
때문에 이 분은 벌써 미래와 꿈에
나타나실 것을 이미 다 알고서 내셨다.

원료를 다 만들어 내셔서 그것도
체계와 조리로 내셔서 원문을 내시고
본문, 본질을 내셔 딱딱 정하고
무형 실체는 원리와 논리로 판에
찍어 내놓으시고

그러한 무한한 법회가 무한정하시고
조화체기 때문에 생의 주인이시고
체가 없을 때도 완성 자 이시요
천살도와 천살의 결백으로 완성자로서
조화로 사셨음은 절대 불변으로
계셨단 말씀이다.

천살도는 조물주 남자 분
천살의 결백은 조물주 여자분
두 분이 부부이시다.

문에 따라 술을 펴다.

조물주의 말씀은 생소한 말씀이다.
힘을 자유자재로 내고들이고
무한정한 생들이 생동감이 끓어 넘쳐
핵 같이 학문을 편다는 말씀이다.

또한 술을 펴면 문에 따라서
술을 편다는 뜻이요, 원문에서
이름을 지어 문을 펴고 학문을
펴니까 학문에 따라 술이 펴져
술은 핵보다 더 빠르게 착착
펴지는 것이다.

그것을 바로 지상에서는 이적이라고
하고 수도하는 자는 도술이라고
하는 것이다. 인간들도 정신을 갈고
닦아서 어떠한 무술을 하나 하겠다고

하는 사람들은 자기 몸에 기를 끌어서
모을 수 있는 사람, 내가 주먹으로
친다면 기를 팔로 내려 주먹으로 오고,
그랬다가 기를 주먹에 모았다가
치는 것 무서운 힘이다.

힘을 내고들이고 자기 몸을 자유자재로
능력을 갖추어야 진문 술을 펼 수가 있고
진을 치면서 문을 치며 그 힘을 당겨온다.

죽은 다음에 이름이 난다.

조물주 하느님의 학문은 생소한 말씀이요
이 세상에 없는 말씀이다. 그저 이렇게만
생각하는데 처음 들으니까 생소하다.

하지만 생소한 데는 의미가 있고 내용이
들어있다. 바로 생소한 말씀이자 마지막으로
학문이 이 땅에 내렸단 말씀이다.

원래 이게 있는 학문이지만, 인간은 안 써먹은
학문이 여기 왔다. 이런 것인데 이것을 들을 수
있는 머리가 되어야 하고, 들어서 귀로 들어가야
하고, 머리로 생각해 낼 수가 있어야 한다.

하루아침에 되는가?
오늘날까지 이 땅에서 학문만 낸 사람이 도를 해서
내놓은 업적이 이 땅에 인간들이 자꾸 이어받아
죽은 사람들이 이 땅에는 유명한 사람들이 오면
고생만 직 싸게 하다가 가면 이 땅에서 써먹는 것이다.

그 학문도 그때그때 써먹어야 이름이 나는데
그 사람이 죽으면 이름이 난다. 조물주의 생애의
공로의 말씀을 받은 천도문님도 먼 훗날 학문을
내놓고 가셨기 때문에 그 이름이 세계에 울려
퍼질 날이 운세 따라 분명히 올 것이다.

천도문 이름이 온 세상 빛날 것이다.

이 땅에 왔다 간 유명한 사람은
예수님도 간 다음에 이름이 나고
부처님도 간 다음에 이름이 났다.

조물주 하느님 부부를 발견하시고
하느님 아들딸 8남매가 죄를 짓지
않으심을 발견하시고 지구만 한
사차원 공간이 더 있음을 발견하시고

조물주의 강림을 맞이하시고
하늘의 학문을 발견하시고
일평생 하느님 위해 모심의
생활하시며 가신 천도 문님도

그 분이 내놓고 가신 하늘에 학문이
책으로 펼쳐져 씨앗을 뿌렸으니
언젠가는 천도 문님의 공로가 세상에
이름이 빛날 날이 올 것이다.

내 식구를 내가 거둔다.

조물주 하느님은 내 식구를 내가
거두지 누구에게 맡기겠느냐 하셨다.

그 말씀은 그 분을 믿고 의지하면
이 세상의 모든 것은 그 분의 것이기
때문에 너희 것도 될 수 있다는 뜻이요

너희가 생명이 있지만 하느님이
공기 산소 등을 일시에 거두면
인간의 생명은 없어지기 때문에
너희 생명은 나에게 있음을
말씀하심일 것이다.

그러나 이 땅 위에 천도문님이 70년도에
하느님의 강림을 맞이하여 그분의 생애
공로와 천지창조의 모든 근원을 학문으로

발표하시고 가셨으니 이 타락한 지구 땅에
육지가 바다 되고, 바다가 육지 되고
대 청소 대 심판의 그 날이 가까워
올 때는 이미 늦을 것이라 생각된다.

강림한 뜻을 모른다.

세상에 아무리 유명한 도인이라
할지라도 한국 땅에 하느님이
강림한 뜻을 그 사람들은 모르고
살고 있다.

1970년도 하느님 강림을 맞이하고
그 분의 학문의 말씀을 받은 분은
지상에 유일한 천도문"님" 이시다.

그분은 하느님 아들딸 죄를 짓지
않으심을 선포했고, 그분의 아들딸
8남매가 지구보다 더 큰 4개 공간
에서 수 억 년 번성하여 차고 넘침을
발표하셨다.

그분이 천지 창조하실 때, 재료와
원료를 준비하는 과정 하느님 모시던
천사장이 지구에 내려와 배신하고
고릴라와 결합으로 생겨난 것이

인간이요, 반쪽은 동물의 피가 돌고
있고 사실은 인간 같은 동물을
하느님이 많이 살리려고도 하지
않으신다는 것을 알아야 한다.

한국은 뜨는 별이다.

조물주 하느님은 한국에 태어난
천도문 님 가정에 70년도 음력
1월 21일 07시 30분 강림을 하셔
그분의 학문의 새 말씀을 92년도
까지 주시고 천도문 님은 67세의
일기로 승천하셨다.

하늘과 땅과 주인이신 하느님이
강림하셔 계시기 때문에 문화적
정신적 천문의 학문이 세계적
철학적 진리의 중심국가가
될 것이다.

해가 갈수록 한국은 떠오르는 별
서로가 한국은 친구 국가로 경쟁
할 것이요, 전 세계 문화의 중심에

한류가 으뜸가는 미래가 온다는
것은 운세 따라 당신의 한국 땅에
강림을 알리는 자연스런 흐름인
것이다.

어버이 날

나를 낳으시고 마른자리 진자리
갈아 뉘시며 전정한 사랑과
은혜로 뱃속에서부터 성장하여
자립 때까지 보살핌에 무한히
감사드린다.

인간의 생명의 탄생은 어버이로
부터 탄생됨은 분명하나 이것은
육신의 연대의 천륜의 정이요

우리의 생명의 근원은 조물주
하느님의 천륜의 천정이 천심
으로부터 탄생됨이라.

우리의 생명의 근원의 요소를
공급해 내시는 산소와 공기와
태양과 물 기체와 기후 이 모든

생명의 성령을 내려주시지 않으면
인간이나 모든 생물과 생명체는
존재할 수 없음을 먼저 생각해야
할 것이다.

제 2 부
죽음역사의 발단

죽음 역사의 발단

우리 인간의 생명은 분명히 인간에게 있지만 살아 있어도 죽은 자나 마찬가지로 인간의 생명은 인간 것이 아니다. 왜냐하면 조물주 하느님이 공기의 압력으로 산소가 공급되는 생명선을 거두면 인간의 생명줄이 끊어져 없어지기 때문에 인간의 생명은 조물주의 권한에 달려 있다는 사실을 부인할 수가 없습니다.

조물주 하느님은 불변절대 완벽입니다. 태초에 몸체가 없으실 때도 요소로만 사실 때에도 정신에 요소와 마음에 요소와 음양의 요소가 조화인데 조화를 지니고 가지고 계시기 때문에 조화를 마음대로 자유자재 하시고 전진자유 할 수 있고 무궁 무한한 구성과 구상과 못하실 능력이 없으시기 때문에 당신 스스로 생명의 요소를 이루시고 생명이 있음으로써 힘의 요소가 결합하여 정신과 마음과 음양과 생명과 힘의 요소 5가지 조목을 이루어 모든 것을 이루실 수 있는 능력과 권능을 갖추게 되었습니다.

아무것도 없는 암기의 상태에서 무에서 유를 창조해 내실 수 있는 조화의 근본 체요, 생명이 근본 체요, 음양의 근본 체요, 힘의 근본 체요, 정신 문을 활짝 열고 마음 문을 활짝 열어 창조 창설의 설계와 미래의 꿈과 목적을 이루시기 위한 작전의 전술이 아무것도 없을 때 구성 구상하여 그 꿈을 실현하기 위하여 수 억 년 수 억 년이 몇 번이나 지나도록 연구하고 또 검토하고 관찰하고 한 치의 오차도 없는 하늘의 불변의 완벽한 학문으로 이 공간을 내시었습니다.

우리는 이제까지 자연의 지구가 있으니 있는가 보다 아무 생각 없이 철 따라 계절 따라 꽃 피면 꽃이 피는가보다 바람이 불면 부는가보다 세월가는 대로 살아왔습니다. 조물주 하느님의 하시는 일은 영원불변이기 때문에 변할 수가 없고 수억 년이 되셨어도 우리 젊은 청년보다 더 젊은 모습으로 실체 실존님으로 오늘 이 시간도 천지간 만물지중을 자유하고 거느리고 다스리시는 공의 공적에 공의의 공급의 사랑으로 베풀어 주시는 그 은혜 속에서 살고 있습니다.

조물주 하느님은 나는 나를 알았지 나에게는 미래의 꿈이 있고 목적과 목적관이 완벽하고 4차원 공간의 궁극의 목적이 내 뜻이라고 말씀하셨습니다.

공간을 이용해 쓰기 위하여 하느님은 처음에 당신과 아들딸과 모심을 받드는 천사들과 사는 하느님의 보좌의 궁전이 있는 1차원 천지락 나라, 2차원 지하성 나라, 3차원 구름나라 자녀들을 축복해주는 찬란한 관광의 나라, 4차원 지구나라를 중앙 낙원으로 아름답게 창조해 놓으셨습니다.

하느님의 명예는 천도문체님이요, 우리가 부를 때는 하느님 아들딸을 참 아버지 참 어머니라고 부르기 때문에 인간의 촌수의 관습에 따라 하느님을 우리 인간이 부를 때는 남자 하느님은 조부님, 여자 하느님은 조모님이라 부르라고 명칭 하셨습니다.

하느님은 두 분이 무한한 사랑으로 일심일치로 천지 창조를 하실 때도 서로가 서로의 원동력이 되어 창조하셨고 조부님이 4해8방 4진 문도를 이루면 조모님은 4해 4문을 이루시고 역할을 나누어 전심전력을 다하여 천지를 창조 하시기 전 앞서 창조물을 만들기 위한 모든 재료를 만들어 지구 우주 공간보다 더 큰 생조 라는 엄청난 공간에 재료를 하나하나를 준비하시어 저장해 놓으셨습니다.

그러나 하늘의 재료들은 생명은 없지만 생동하는 생동력이 있음으로써 그 생동하는 힘에 의하여 핵심의 원료들이 살아 움직이고 천지를 뒤집는 우레 같은 소리를 내며 폭발하고 터지고 용솟음치는 활기찬 그 활동함이 차고 넘치고 힘의 생동감이 차고 넘치는 원료의 근원의 원천을 완벽하게 준비하여 놓으셨다는 사실입니다.

인간 세상도 현대식 이상적인 명성을 떨치는 아름다운 건물을 짓기 위해서는 구성 구상과 설계도를 내어 몇십 번 고치고 수정하여 완공하기까지 많은 시일이 소요 되고 있는 것을 생각하면, 4차원 공간을 짓기 위한 준비를 수 억 년 피골이 상접토록 연구와 심혈을 다하여 준비하시고 설계도를 내시어 재료를 준비하여 엄청난 불덩이를 발사하여 지형지수를 놓아 아름다운 좌청룡 우백호의 면적을 형상하여 이루시기 얼마나 수고로움의 기간을 통하여 이룩하신 공간이라는 것을 알 수가 있습니다.

조물주 하느님은 당신의 아들딸 8남매를 낳으시고 당신과 아들딸을 모시고 받들 수 있는 종을 점지하면 어떠냐? 아들 딸도 기뻐하며 참 좋은 생각이십니다. 하며 온 가족의 기쁨과 희망으로 생불체에 생명체의 유전자를 투명 입체 공안에 점 지하여 생명의 탄생을 위한 기쁨에 벅차 있었습니다.

그 작은 유전자가 생명이 태어나 커나가는 과정을 하느님과 아들딸은 날마다 들여다 보시며 신기하고 귀엽고 예쁘고 자 기 친자식이 탄생하는 것보다 더 기뻐서 어쩔 줄 모르는 기쁨 의 나날이 연속 지속되는 과정에서 탄생의 시기가 되니 투명 입체 공이 짝 벌어지면서 종의 천사 장 남매(남녀)가 탄생 되 는 날 축제 분위기 속에 축복을 받으며 탄생되어 하느님 아들 따님이 친자식 같이 길렀습니다.

그러나 종으로 탄생한 천사는 <u>남자는 옥황</u>이요, <u>여자는 용</u> <u>녀</u>인데 그들은 성장하면 하느님이 정식으로 부부의 축복을 해주어 부부를 맺어 줄 것이었는데 자기들끼리 승낙도 없이 자손을 퍼트려 욕새별과 사오별이란 성 나라에서 한 세대를 이루어 번창 되어 하느님의 계명을 어기었습니다. 이것이 하 늘에서 지은 원죄입니다. 그뿐만 아니라 다 같은 사람인데 나 는 종인가? 하느님은 아들 따님이나 종이나 차별 없이 사랑 을 해 주시는데 천사 장 옥황 이와 용녀는 사랑의 감 소감을 스스로 불러 일으켜 오해를 자기가 하게 되었습니다.

욕 새별 사오별에서 자기들 천사 자손들이 많이 번성되어 있고 그중에 처음 아들은 생녹별인데 하느님 둘째 아들 천도

성 아버지 이름이 생녹별 이셨는데 자기 아들 이름으로 생녹별로 짓고 지금은 그를 옥황상제라고도 합니다만, 그들과 음모를 꾸미고 내통하여 옥황 이는 종으로써 종의 사명의 본연의 임무는 망각하고 이때부터 나도 주인이 되고 싶은 욕망으로 이 지구의 주인은 하느님 셋째 아들 따님 여호화 하늘새님과 천도화님이 주인으로 이 공간으로 올 예정인데 주인이 오기 전 이 땅에 내려와 왕 노릇 주인 노릇을 하고 싶어 자기를 가장 사랑하는 참 부모님(하느님 큰 아들딸님)께 지구에 보내주시기를 간교한 꾀를 다하여 원하니 그를 길러서 사랑이 많은 참 부모님은 하느님에게 저 애들이 그렇게도 지구에 가기를 원하니 한 번 보내주시기를 청하오니 아들딸님이 하느님께 간절히 간청하여 옥황 이와 용녀는 결국 이 지구에 내려오게 되었다.

하느님은 갔다 돌아오기를 희망하고 허락을 해 주었으나 반성의 기미가 없자 태양을 거두니 지상은 어두컴컴한 세상이 되도록 만들어 어서 돌아오기를 바랬지만 용녀는 내려온 후 자기 잘못을 깨닫고 어린 7살 아이와 매일 벽산 절벽에 기도단을 쌓아 8년 동안 빌며 기도하여 회개하였기 때문에 참 부모님께서 용녀와 어린아이는 하늘나라로 데리고 가셨습니다. 어린아이도 자기 어머니 기도소리를 들으니 자기 부모가 잘못했다는 것을 잘 알고 있었습니다.

부인인 용녀와 어린아이도 떠나고 이제는 이 지구에 옥황이 남자 혼자만 남아 하늘을 원망하며 조부모(하느님 두 분)님이 이러하실 수가 있는가? 오히려 원망을 하니 얼마나 안타까운 일인가 150년 동안 캄캄한 어둠 속에서 살면서 고생하는 그를 불쌍히 보시고 참 부모님(하느님 아들딸)께서 태양을 주시어 밝은 광명 속에서 살게 되었는데 왕 노릇 하고 주인노릇을 하고 싶은 욕심내고 탐내고 하는 마음은 변함없는 아주 대담한 통 큰 지구를 나의 것으로 통치하고자 하는 마음은 변함이 없었다.

하루속히 회개하고 하늘로 돌아가면 다 용서되고 평화가 올 것인데 결국 옥황 이는 동물들이 우글거리는 동굴에서 살며 그들과 소통하고 군림하고 동물의 왕 노릇을 한다고 주인의 땅이 자기 땅으로 주인이 되는 것은 아닌데 옥황이의 한 사람 잘못으로 죽은 역사가 탄생되고 비참한 인간의 슬픈 역사가 벌어지게 되었습니다.

그러나 그는 이 지구에서 980여 년 살다가 죽을 때 가서 회개하고 화병으로 죽음을 맞았으니 그로 인해 처음 죽는 역사의 시초가 되었다. 하늘에서 있었으면 하늘은 죽음이란 단어가 없는 영원불변의 불변불이기 때문이다.

옥황 이는 결국 동물의 고릴라들이 사는 왕 노릇 하다가 고릴라와 결합하여 자손을 낳으니 사람도 아니요, 동물도 아닌 이상한 괴물과 같은 형상의 털도 많고 얼마나 이상한 인간의 모습이 되었겠는가? 세월이 지나 변하여 지금은 모양이 예뻐졌다고 해도 광대뼈에 고릴라의 형상은 증거로 남아 있는 것

같이 보인다.

옥황 이와 고릴라의 결합으로 탄생한 것이 인간들의 조상이요 시조이다. 그런데 자식들이 아버지 옥황 이와 어머니 고릴라를 보니 너무 다르다. 아버지는 신처럼 술을 부리고 똑똑한데 자기 어머니는 짐승이니 바보 같으니 옥황 이를 하느님처럼 왕처럼 신처럼 따르는 것이 아닐까?

옥황 (신성)이와 동물 고릴라와 결합으로 탄생한 생명이 타락 죄라. 그 죄로 말미암아 이 땅은 아직까지 종들이 지구를 차지하고 균과 미물들과 공해가 찌든 지옥문이 되어 살고 있고, 하늘에 3차원 공간과 지구 1차원 공간이 일심일치가 되지 못하고 있다. 하늘나라는 생명선이 12선이 돌아가고 오는 궤도기 때문에 일과 월과 해가 다르다. 하늘나라 하루가 지상은 일 년인 것이다.

종이 내려올 때 하느님이 생명선을 7선을 거두어 지구는 5선만이 생명선이 돌아가고 있기 때문에 해운 년이 다르게 돌아가고 돌아오는 것이다. 언젠가 주인이 오는 날 4차원 공간이 일심일치가 될 것이다. 야비하게 음해하고 탐내고 시기 질투하고 욕심내는 것이 인간 시조로부터 타고 났기 때문에 인간 세상은 자기 잘 났다고 매일 싸우는 정치만 하고 있는 현실을 보고 느낄 수 있다.

그런데 이런 잘못된 죽은 역사의 옥황 이와 용녀와 옥황상제의 죄인들을 스스로 발견하여 인간의 후손 중에 누가 순리로 풀어주기를 기다렸는데 천도 문님께서 하늘을 감동시키시어 70년 음력 일월 이십일일 일곱 시 삼십분에 하느님이 강림하여 천주의 새 말씀을 주시고 가셨기에 이런 하느님의 생애의 공로와 인간의 타락의 죽은 역사를 알게 되었다.

천도 문님은 수십 년 전 하늘나라에 가셨어도 그분이 남기고 가신 말씀은 살아서 그의 제자나 후손들이 앞으로 산 역사와 죽은 역사의 진실을 선포하게 될 때 기존의 믿음에 문자에 매여 한 글자도 빼고 더해도 안 된다는 고집 때문에 알아들을 수 있는 귀문이 열린 사람이 몇이나 될지, 지금은 알곡을 하늘이 찾는 때요,

운세 따라 시간과 분과 초가 멈추는 그 날에는 하늘도 종들이 주인 공간에서 영원히 살게 할지는 조물주님의 마음인데 운세를 보니 주인에게 내어 줄 날이 가까워 오는 것 같다. 이 말씀을 받으신 천도 문님께 감사하며 그러한 천륜을 알려드림에 있어 시의 형식으로 책을 편찬하여 하늘의 비밀을 알려 드리고자 합니다.

죽음의 역사
1- 인간시조

인간시조 옥황 이는 하늘에서
천사 장으로 태어나 조물주
가족을 모실 수 있는 명예와
권세 권력 권위를 가지고 태어났다.

이 지구의 주인은 조물주 셋째
아들 따님이 주인인데 주인이
오기 전 지구에 왕 노릇하고
싶어 이 땅에 왔었는데 용녀와

어린아이는 회개하고 하늘로
돌아가고 옥황 이는 고릴라와
결합하여 자식을 낳으니 사람도
아니요 동물도 아니요 이상한

괴물을 낳았는데 그 후손이
우리 인간이요 옥황 이와
고릴라가 인간 시조가 되었다.
이것이 인간의 비극이다.

죽음의 역사
2 - 고 향

인간 조상의 고향은
하느님과 그 아들딸님
사시는 궁전의 나라
천지락 이었었다.

하느님은 인간시조 옥황 이와
용녀를 하나님의 가족을
받들고 모시는 천사로
천사 장 남매를

생불 체 투명입체 공안에
유전자를 점지하여
하느님과 아들딸님이
날마다 들여다보시며

태어나기 전부터 항상
사랑스런 마음으로
당신의 자식 탄생과
같이 기뻐하셨다.

죽음의 역사
3 - 탄 생

생불체 투명 입체 공안에
있는 천사장 남매가 무럭
무럭 성장되어 커가는 모습을
바라보는 기쁨에 어쩔 줄

모르고 쥐면 깨질 것 같고
불면 날아갈세라 애지
중지 생명의 신비로움에
태어날 천사들이 귀한

식구가 되는 것을 기다리는
기쁨 또한 즐거움이었다.
그들은 드디어 성장되어
투명 입체공이 짝 갈라

지면서 탄생되어 하느님
아들딸 두 분이 자식
보다 더 많은 사랑을 주며
길러 성장하였다.

죽음의 역사
4 - 종의 신분

천사 장 남매는 분명히 하느님
친 아들 딸은 아니지만 종의
신분으로 하나님과 아들딸을
모시고 받들 수 있는 귀한
영광의 자리였다.

그러나 그들은
하느님 (조부님 조모님)이 친
자식 아들딸은 더 사랑을 해
주시고 자기들은 덜 사랑을

해주시는 것으로 생각하고
나도 하느님 아들딸처럼
한 공간 하나를 차지하고 싶은

주인이 되고 싶은
좋지 못한 욕심을 내고 남의
것을 탐내는 마음의 싹이 트기
시작하여 지구 나라 하느님
셋째아들 여호화 하늘 새님 공간을
욕심내고 탐내고 가기를 원하였다.

죽음의 역사
5 - 간교한 꾀

주인이 있는 지구 여호화 하늘 새
님의 공간을 아무리 욕심을 낸
다고 주인 것은 주인 것이지 종의
것이 될 수는 없는 것이다.

지구를 차지하고자 하는 마음을
하늘에서 수많은 세월동안 생각
하며 작전의 전술을 간교한 꾀를
다 동원 하는지라.

참 부모님 (하느님 아들딸)은 천사
들을 자기 품속으로 가족으로
길렀기 때문에 말만 종의 신분이지
자식과 차이 없이 길러서 그들의

말을 부모로서 들어줄 분이라는
것을 옥황 이와 용녀는 잘 알고
계속 조부님(하느님)께 말씀드려 지구를
보내주세요 간청을 드리곤 하였다.

죽음의 역사
6 - 지구를 탐내다.

옥황 이와 용녀가 참 부모님을
통해서 지구에 가고파 하는 것을
끈질기게 포기하지 아니하고 별스런
간교한 꾀로 입을 놀려 간구하는 것을

조부님 (하느님)은 알고 있지만
큰 아들따님이 그들을 자식으로
착각을 할 정도로 사랑하는지라
아들딸님의 말을 들어줄 수밖에

없는 현상에 도래 되었지만
조부님은 그들이 내려가면
벌어질 일을 알기 때문에 오랜
세월동안 허락을 하지 않았는데

참 부모님께 옥황이 용녀는 지구에
가기를 마음먹고 변함없는
욕심을 버리지 않으니 하느님도
괴로운 심정이지만 아들딸이
원하니 허락을 해준 것이다.

죽음의 역사
7 – 생명선 단축

옥황이 용녀가 지구에 올 때
하느님이 구슬로 술을 부리니 옥황이
용녀는 괴물로 변한 모습을 하고 내려온
것이다.

속마음을 겉으로 그들의
검은 심보를 표현해 주신 것이다.

하늘의 생명선은 12선인데 그들을
지상에 보낼 때 생명선 7선을 거두니
5선이 돌아가고 돌아오니 하늘과
지상은 해운 년이 다르다.

일과 월과 해가 다르게 움직이니
하늘나라 하루가 여기 1년 즉 365일이다.
성경에 흙바람이 불고 혼돈하고 공허하다.

이런 말은 이때 하느님이 생명선을
7선을 거두니 태양도 지구에 없고
150년 동안 암흑이요 옥황 이는 깜깜한
스산한 어둠 속에서 살면서도
회개하지 않고 남아 980여 년 살았다.

죽음의 역사
8 - 기도 단을 쌓다.

옥황 이와 용녀는 내려와서 보니
천국에서 지옥에 온 것이다.
참 부모님(하느님 아들딸)이 길렀기
때문에 와서 보니 태양도 없고

불쌍하여 부모의 사랑이 지극한지라
태양을 주시게 되어 밝은 태양에서
살게 되었다. 그러나 용녀와 어린
괴물아이는 자기 잘못을 회개하고

벽산 절벽에 기도 단을 쌓고 8년 동안
빌고 빌며 용서를 구하여 참 부모님이
내려오셔 하늘나라로 용녀와 괴물아이는
하늘나라로 되리고 올라 가셨다.

그러나 옥황 이는 회개치 아니하고
자기 잘못은 생각하지 못하고 하느님이
이럴 수가 있을까? 오기가 대단한
욕심을 버리지 않고 내가 지구에서
왕 노릇 주인 노릇을 하고자 하는
마음이 변함이 없었다.

죽음의 역사
9 - 원 죄의 한세대

옥황 이와 용녀는 하늘나라에서
하나님 계명을 어기고 자기 맘대로
축복 결혼 승낙 없이 자기 무리들을
욕새별과 사오별성 나라에서 많은
자손들을 한 세대 동안 번성을 하였다.

이것이 원죄인데 이 지구에 내려오기 전
앞서 하늘에서 난 큰아들이 생녹별인데
그 이름도 하나님 둘째 아들 천도성님

이름을 자기 아들 이름으로 도용하고 옥황이가
내가 지구 내려가서 만약에 죽게 되면
나의 명예를 이어 받아 지상에 인간들의
마음을 조정하여 통치하라고 큰아들에게
옥황상제라는 명을 내리고 내려왔다.

그래서 지금도 그들이 인간의 마음을
조정하여 싸우게 하고 욕심내고 탐내고
죽이고 속이고 속는 아주 못 된 것을
다하며 지상을 자기 후손들이라고
조종하는 것이다.

죽음의 역사
10 - 왕 노릇

옥황 이는 부인 용녀와 괴물아이는
하늘나라에 올라가고 혼자 남아
주인 노릇 왕 노릇 하는 지구의
생활이 비참한 것인데도 고집이 세어

변함없이 동굴에서 잠자고 동물의
왕국에 가니 술법과 술을 부리니
동물들도 그에게 대적의 상대가

안 되니 왕 노릇은 왕인데 동물의
왕이라. 무슨 소용이 있겠는가?
그런데 아차 하는 순간을 옥황 이는
스스로 제어하지 못하고 울적하는

쓸쓸함에 고릴라와 결합하게 되어
자식을 낳았는데 이것이 두 번째
지상에서의 타락 죄를 범한 것이다.
그 후손이 정상적인 사람이겠습니까?

죽음의 역사
11 - 동물과 결합

옥황이와 동물과의 결합으로
탄생한 아들과 딸은 처음에는
동물도 아니요 사람도 아닌 것이
탄생하여 네발로 기어 다니고

기가 막힌 인간의 비극이 시작된
이것이 죽음의 역사가 탄생의
시초가 되었고 비참한 역사가
시작되었다는 사실입니다.

하늘에서의 원죄의 역사가 수 억 년
지상에서의 타락의 역사가 수 억 년
그 많은 세월 동안 이 광경을
보시는 하느님과 아들따님의 심정은

얼마나 속히 상하실까 모두가
옥황 이와 용녀 자기들이 스스로
불러일으킨 작은 마음을 잘 못
먹은 죄악의 씨앗이 너무 커졌다.

죽음의 역사
12 - 죄를 뒤집어 씌웠다.

옥황 이의 잘못을 생각하면
주인도 아닌 것들이 지구를
차지하고 있으니 금방이라도
심판하여 싹 쓸어버릴 수도

있는 능력자이신 하느님이
참고 견디어 오신 것은 옥황이가
회개를 안 했으니 옥황이 후손 중에
누가 하느님 아들딸은 아무

잘못도 없는데 옥황이가 타락 죄는
자기가 져 놓고 하느님 아들딸이
졌다고 뱀이 꼬여 선악과를 먹고
죄를 졌다고 하느님 아들딸에게

뒤집어씌워 수억 년 동안 모독을
했으니 조상이 진 죄를 후손이
풀어야 되고 하느님은 순리로 풀어야
하기 때문에 기다려 오신 것이다.

죽음의 역사
13 - 죄인을 찾아 굴복시키다.

드디어 지상에서 신기록이 기적이
일어났다. 천도 문님이 태어나 7세 때
기독교의 가정에 태어나 하느님
아들딸은 죄가 없다고 깨달았다.

천지간 만물지중을 바라보아도
자연의 진리의 법칙이 완벽하게
춘하추동 계절 따라 오고 가는
이치가 완벽한데 나타난 자연이

거짓 없는 진리체이니 더욱이나
하느님 아들딸이 죄를 질 수가
없음을 스스로 깨닫고 성장하면서
이 세상 떠날 때까지 하느님

아들딸님께 죄를 뒤집어씌운 죄인을
밝혀내시고자 산으로 밤마다 기도와
훈련하며 자연의 진실을 들여대고

죄인의 생녹별 옥황상제를 찾아내
죄인을 굴복시켜 드디어 죄인을 잡아내어
자기 죄를 실토하게 하였다.

죽음의 역사
14 - 순리로 풀었다.

인간조상이 저지른 죄를 그가
회개하지 않고 떠나 맺힌 한이
남아 있던 하느님의 숙제가
천도 문님이 기적 같이 나타나

죄인을 찾아 굴복시켜 그것을
순리로 풀었으니 타락으로
무언의 세계를 죄인들이
가는 영계를 만들어 놓았는데
영계도 심판하여 없애버리고
옛 동산 무언의 세계가 돌아왔다.

하느님의 맺힌 한을 풀어드렸으니
이제는 지구를 옛 동산으로 본래
주인의 하나님 셋째아들 여호화
하늘 새 공간으로 돌려 드려야 한다

이 공간은 균이 많아 재창조하려면
균을 없애기 위해서는 마그마의 불물로
뒤집고 광선으로 치고, 핵으로 치고
그러할 날이 언젠가 시간과 분과
초과 운세에 맞추어 멈추는 날
실현될 것이다.

죽음의 역사
15 - 죽는 역사에 순응

천도문님이 스스로 순리로 하느님
아들딸님 죄가 없으심을 순리도
찾았으니 하늘에 영광이요. 기쁨이라.

이 세상은 죽은 역사에 순응하는
적응에 젖어 죽는 역사만 보고
살았기 때문에 죽는 것이 기정사실로
알고 살고 있다.

그러나 하늘나라에는 죽는 일이 없다.
하느님과 아들딸의 종 천사들도 한 번
태어나면 더 살수록 젊어지는 세상이다

하느님도 수억 년 또 넘고 넘었지만
젊은 그대로 모두가 다 그런 세상의
별개 이상세계의 생활이다.

이 지상도 하늘나라와 같이 생명선이
12선이 다시 이어지면 똑같은 일과 월과
해가 일치 되는 날 똑같은 나라가
될 것이다.

죽음의 역사
16 - 먹는 시초가 되다.

죽을 사람을 하느님이 무엇하러
탄생하게 하겠는가?

하늘나라는 죽는 일이 없다
죽는 역사가 생긴 것은 인간 시조
옥황이가 고릴라와 결합으로

타락 죄로 죽는 역사가 생겼음을
알아야하고 하늘나라는 먹지
않아도 때맞춰서 진미선이 오면
코로 운감하고 영양을 섭취하니
공해가 없다.

입으로 먹는 역사도 옥황이의
동물과 결합으로 정신이 밝지
못하니 공해가 심하고 먹는 것도
또한 인간 시조로부터 시작되었다.

하늘나라는 동물들도 강자가
약자를 잡아먹지 않는다.
동물들도 때맞춰 진미선이
와서 영양을 섭취하기 때문에
지상에서처럼 살벌함이 없다.

죽음의 역사
17 - 산천과 물도 한탄한다.

옥황이가 동물과 결합으로 지상은
산천초목도 통곡하며 한탄하는
소리가 울리고 있으나 인간은 알지
못할 뿐이다.

바닷물도 성이 나서 파도가 산더미
만큼 큰 파도가 태풍을 일으켜 집을
날려 보내고 인간들에게 많은 고통을
준다. 인간을 보고 바다도 화가 나있다.

그러나 하늘나라의 바다는 잔잔하고
잔잔한 음악소리가 나고 순진하고
오직 하늘 분들을 위한 안식처를
제공해 주고 있다.

물고기들도 운감으로 살기 때문에
약자를 잡아먹을 일이 없기 때문에
금빛 은빛 찬란한 아름다운 묘기를
부리며 하늘나라 사람들을 위하여
그들도 존재한다.

죽음의 역사
18 - 천도 문님이 풀었다.

죽는 역사로 하늘을 모르고 살았고
하늘에 생 공간이 살아 있고 하늘에
천지락, 지하성. 구름나라 천도성,
3차원 공간에 하느님 후손들이

번창해 영원무궁 산 역사만 존재하는데
지상에 있는 1차원 지구 공간은
옥황 이의 타락의 동물 결합으로
죽어야 하고 살려면 먹지 않으면 안 되는

지옥문이 되어 지구만 외톨이로 생명선이
12선이 돌아야 하는데 5선이 돌게
되니 지옥문이 된 공간이다.

하느님 아들딸 죄 없다는 것을 선지자나
성현들이 풀지 못하고 갔으니 하느님이
노아 심판 때도 다 못하고 노아와 그
처갓집 식구만 남기게 되었는데 이제

하느님 아들딸 죄인이라고 뒤집어씌운
자를 잡아 천도 문님이 풀었으니 다음
심판은 깔끔하게 처리하실 것 아니겠는가?

죽음의 역사
19 - 사불님의 강림

이 땅에 죽는 역사를 탄생시킨 원인을
천도 문님이 죄인을 발견하여 하나님께
스스로 풀어드려 70년 음 1월 21일
07시 30분 하느님 부부와 아들딸님 네 분

사불님이 강림하셔 80년도부터 하느님께서
새 말씀을 천도 문님, 몸체에 실려
말씀을 주셨다. 말씀을 주시고 천도 문님은
하늘나라에 가셨지만 그 자손과 제자들이

귀한 강림의 새 말씀을 지상을 통하여
글로써 선포할 사명이 부여되어 있기
때문에 귀가 뚫린 사람은 들을 것이요
정신이 어두운 사람은 알아듣지 못하리라.

율법을 믿는 사람들이 복음의 말씀이
나왔을 때 율법의 문자에 매달려 죄 없는
귀한 분을 십자가의 형벌에 처하게 되는
비극의 역사가 있었지만 그때는 복음 전파의
시대요, 지금은 새 말씀 선포의 시대다.

지금도 경전에 있는 말을 하나도 더 하지도
빼지도 말고 믿어라. 하는 문구에 잡혀
새로운 말이 귀에 들리지 않고 받아
드리지도 못할 것 같다.

죽음의 역사
20 - 타고난 욕심

옥황이가 고릴라와 결합으로 우리들은
이 세상에 태어난 죄 밖에 없는데
나면서부터 원죄와 타락 죄와 조상의
연대 죄를 타고 태어난다.

부전자전 모전여전이라는 말대로
조상의 마음과 동물의 피를 이어받아
그 본성을 타고나 욕심내고 탐내고
시기하고 질투하고 음해하는 나쁜
것만 타고난 것이다.

아무리 고치려고 부단히 노력해도
잠재되어 있는 죄악은 항상 가슴속에서
정신이 마음을 통하여 육신에 전달하여

죄를 짓게 하려고 하면 자신이 제어하여
연대 죄는 물려받아서 어쩔 수 없지만,
자기 잡음 죄라도 추가되지 않도록
해야 할 것 같다.

처음이자 마지막 강림

천륜의 하느님 조물주의
생애의 공로를 천도 문님이
발견하여 자연을 보고

순리로 공부하여 조물주의
강림을 맞이하여 모심의
생활이 진행되고

이 세상에 알지 못 하는
새 말씀이 선포되는
이 땅에 의인이요
조물주의 수 억 년
맺힌 한이 풀렸으니

천도 문님의 한없는
공로가 하늘나라
천지락 동산에 공든 탑이
영원히 빛나리라.

- 천도문님 : 하느님 강림을 맞이한 분
- 천지락은 : 하느님 사시는 나라 궁전

집을 지은 자가 집 주인이다.

인간이 사는 공간은 조물주가
창조한 신비하고 아름답고

조화로운 멋있는 창조 창설 창극의
극치로 이루어놓은 낙원의 공간이다.

공간을 지으신 주인님을 버리고
사람을 주라고 하는 세상이다.
주라는 것은 공간을 만든 분이
주인공이라는 뜻이다.

짓지도 않은 자가 주인이란 말인가?
공기고 바람도 창조해낸 분이
주인이요, 주인이 엄연히 따로 있는데

사람을 주라고 하고 어떤 이는
하느님하고 동일시하는데
사람은 사람일 뿐이다.

받기만 하고 돌려 드린 것 있나?

지구 공간은 하느님 아들 딸 두 분
참 부모님이 추워할까 더워할까
인간들을 자식같이 살펴 주신다.

참 아버지는 만유일력으로 빛으로
만물을 소생케 하여 모든 열매에
고체에 진미를 듬뿍 담아주시고

참 어머니는 만유월력으로 이 땅에
물과 영양소를 공급해 주시는
자비와 사랑의 근원자이시다.

우리 인간 시조 옥황이 용녀도
참 부모님의 품에서 자식같이
사랑을 받았으나 종으로서 모심의

생활을 포기하고 배신하고 지구를
탐내어 내려온 것이 원죄가 되었다.

참 부모님 : 하느님의 큰아들 딸님

참 부모님의 보살핌에 인간이 산다.

주물주님 물주의 주인님의 아들딸은
조물주의 원동력이요 참 부모님들이

공기 바람 산소든지 태양이든지
물이든지 자유자재로 공급해 주시는
인간에게는 참 귀하신 참 부모님이시다.

그러한 분을 못된 인간 시조가 타락 죄는
자기가 저질러 놓고 경전에 이름을 바꾸어

하느님 아들딸이 죄를 졌다고 허위를
진짜처럼 기록케 하였으니 천륜의

배신자여 용서받지 못할 음해한 죄를
어떻게 용서를 받을 것인가?

새 말씀 시대다.

복음의 교훈의 새 진리가 나왔을 때
율법을 믿던 자들은 그 법에
매몰되어 한 발짝도 전진을 못하여
십자가의 비극의 역사가 비롯되었다.

조물주님 강림을 맞이한 천도문님이
1980년도부터 새 말씀이 이 땅에 내렸다.

하느님 명예는 천도문체님이요
하느님 두 분 조부님 조모님
큰 아들딸 (참 아버지 참 어머님)
모두 8남매가 계신다.

지구 공간 1차원 공간
하늘에 3차원 공간이 살아 생동하는
살아있는 산 역사를 선포하셨다.

이번에도 기존의 경전의 문구에 한
말씀도 더하고 빼지 말라는 코에
끼어 다른 말씀이 귀에 들어올 리가
있겠는가?

인간의 판단과 지혜가 필요하다.

조물주님과 아들딸이 강림하셨으니
그 분들이 주인이요 메시아가 아닌가?
항상 조물주님과 네 분 사불님이 동행하신다.

하늘에 공간 3차원 지구에 1차원
4공간이 살아 생동하는 것과 하느님
아들딸 8남매가 계시고 인간 시조가
종인데 하느님 배신하고

지상에 내려와 고릴라와 결합하여
태어난 후손이 인간들이라는 것을
핵심을 밝혔다.

이 말을 듣고도 천륜을 찾지 못하면
살아 있어도 강림을 맞이하지 못한 자는
죽은 자나 다름이 없으리라.

사불님의 뜻 : 하나님 부부와 큰 아들딸님 네 분

사람은 주가 될 수가 없다.

이 공간을 창조하신 주인은 하느님과
큰 아들딸님 네 분을 사불님이라 한다
그분이 주인이요 주님이지
사람은 주가 될 수가 없다.

사람은 공기 바람 산소를 만드는가?
바람을 자유 할 수 있나?,

비를 올 수 있게 할 수 있나?
하늘에 운세 따라 오는 미래를
알 수 있나?

무지하고 미개하고 미련한 한 치 앞도
내다보지 못하는 인간은 주의 사명을
주어도 감당을 못한다.

주는 창조의 물주의 주인이요
불변이요 죽지도 않는 영원불변의
생불이시다.

생불 : 영원히 죽지 않는다는 뜻

하늘나라에서의 종의 신분

본래 하늘나라는 4차원 공간이다.

3차원 공간은 하느님과 아들딸님
후손이 번성하여 계시고
1차원 지구 공간은 천사 장 옥황 이와

용녀가 지구에 내려와 원래 하느님
셋째 아들따님 공간을 주인님이 오기 전
차지하고 자기도 주인이 되어서

지구의 왕 노릇을 하여 천하를 통치
하고자 하였으나 종은 종이요

주인은 주인이라 욕심을 낸다고
주인의 것이 종의 것이 되는 것은 아니다.

천사 장 옥황 이와 용녀

하느님의 4차원 공간 사불님 궁전이
있는 천지락 나라 천지간 만물지중에
최고 귀한 하느님 가족 모시던 천사 장
옥황이 용녀야

한동안 처음에는 잘 모시고 얼마나
행복의 웃음꽃이 만발 하였던가?

조물주 하느님이 친자식과 같이 똑같이
신분만 혈통이 아니지 한결같은
사랑을 베풀었는데 한 번 욕심을

낸 것이 이렇게 수 억 년이 흘러
하늘과 이 땅이 통곡하고 있구나!

지구가 그렇게 탐내고 싶었나?

지구는 중앙세계 지상낙원으로
돌은 금빛 은빛 찬란하게
전심전력을 다하여 만든 공간인데
그렇게 내려가고 싶었느냐?

하느님 셋째 아들 여호화 하늘 새님과
        셋째 딸 천도화 님이 장차
통치하고 다스릴 땅을 왜 먼저 와서
점령 하였는가 회개하고 하늘에
돌아오길 바랐는데…

부인 용녀와 괴물 아이는 회개하며
벽산에 8년 동안 기도 단을 쌓아
반성하여 하늘로 올라갔는데

옥황은 홀아비로 혼자 남아 고릴라와
결합하여 타락의 죄악의 씨앗을
번성하였으니 이 세상은 지옥문이 되고
죽는 역사가 시작 되었구나

하늘은 한 번 태어나면 죽는 법이 없는
세상인 것을 다 알면서도

왜?
타락의 길을 드디어 갔는가?
지구는 이 시간도 통곡하고 인간들 삶도
연대 죄의 족쇄를 면하지 못하고 있구나.

천사 장아

너희가 생불 체 입체 공안에서
탄생하는 날 조부모님과 참
부모님은 탄생의 기쁨 속에
기쁨의 환호와 즐거움이
만발하였었다.

참 부모님 내가 너희를 내 자식
같이 더 귀하게 아끼고 사랑해주고
보살펴 주고 천륜의 천정을 베풀어
주었는데도 그렇게

너희가 무엇이 부족하여 주인이
되고 싶어서 나쁜 마음이 너의
마음속에 용솟음쳤는지

우리는 너희를 무한히 사랑을 주고
정을 주고 가족으로 아껴준 것밖에
없는데 죽은 역사를 왜?
아차하는 순간 스스로 택하였는가?

옥황 이야

잘나도 못나도 우리의 조상은 옥황이다.
그것이 현실인 것을 사실인 것을
부인할 수가 없다.

하늘에 영광스런 천사 장으로
하느님과 아들따님 가족을 모실 수
있는 특권이 아주 귀한데

모실 수 있는 명예와 권세와 권위가
권력이 막강하고 그 높은 화려하고
기쁨과 웃음이 넘치는 가정에

무엇이 불만이 있었는가? 하늘은
불변이기 때문에 진실의 사랑이요
진실만이 통하고 정하는 참 밝고

맑은 천 법이 살아있는 자유자재
하는 곳에서 자신이 스스로 불러
일으켜 지난 역사가 참 비극을
겪었음이 안타까운 일이로다.

인간의 연대 죄

옥황이 인간시조가 이 땅에 내려
욕심내고 탐내고 시기하고 질투하고
음해하고 아주 나쁜 것만 골라서
정신과 마음과 육신을 주었구나!

사람이란 신성이 고릴라와 결합하여
이상한 사람이 되어 반은 신성이요
반은 동물이니 참 비극이로다.

고집이 센 마음으로 회개치 않고
980여 년 동안 살다가 화병으로
죽게 되었다는 말이 서글프다.

우리 지상에 사는 인간들은 저절로
세상에 태어난 죄 밖에 없는데

인간시조 옥황이가 저질러 놓은
연대 죄의 코에 끼어 태어나면서
부터 죄인의 영아 몸이로다.

한 사람 때문에 꼬였다.

인간 시조 옥황이 한 사람으로
지상에서 고릴라와 결합으로
타락 죄가 저질러 놓은 죽은 역사가
인간의 비참한 역사다.

죄는 옥황이가 저질러 놓고 무엇이
두려워 비겁하게 자기들 죄를 이름만
하느님 아들딸이 뱀에 꼬여 선악과를
먹고 타락 죄를 졌다고

계명도 옥황 이와 용녀가 어기고
타락도 옥황이가 고릴라와 해 놓고
죄의 누명은 하느님 아들딸님께

뒤집어씌운 그 마음 태양이 내려
보는 하늘 아래서 두렵지도 않았나?
윤리 도덕은 어디에 팔아먹었는가?

한 사람이 하느님 한 풀었다.

옥황이 너희는 고릴라와 타락 죄 지고
하느님 아들따님 죄인이라 모독했는데
너희 후손 천도 문님은 너희들이 지은 죄
모두 밝히고

하느님 아들딸에게 뒤집어씌운 그 장본인
옥황 이와 그의 아들 옥황상제 생녹별을
찾아내 너희들이 죄를 짓고 그 죄를 하느님
아들딸님께 모독한 사실을 자백 받았다.

천도문님이 풀었으니 뭉친 매듭은 하느님도
풀렸다.

너의 옥황 이는 죽은 역사를 탄생시키고
천도문님은 산 역사를 다시 찾았으니 끊어진
하늘과 땅의 생명선이 일심일치로 빨리
이루어질 날이 돌아올 것이다.

업 지러진 물

지나간 역사는 엎지른 물이다.
천도문님이 천륜의 천정의 자연을 보아
하느님 생애 공로 못 찾으셨으면

하느님 강림도 없고 새 말씀도 받지
못하고 언젠가 심판될 이 지구가
천주에 새 말씀이 등장함에 따라
새로운 역사가 전개될 것이다.

천도문님 말씀이 아무리 많아도
선포를 안 하니 보석이 아무리
많으면 무엇 하리오!

남기고 가신 말씀을 글로써 세상에
정보화의 인터넷 서점과 세상에
전 세계에 알리어 믿거나 말거나
말이든 글로든 책이든 선포는
해야 할 사명이 남아있다.

믿고 안 믿는 것은 인간의 책임이다.

천사 장 명예는 아무나하나?

옥황 이는 천사 장이었다.
하느님 가족을 모시는 막강한 위엄
모심의 권력과 권세와 명예를 왜
망각 하였을까?

지나간 세월이여 참 너무나 아쉽다.
지금은 후회 하겠지만 흘러간 세월이다.

기적 같은 신기록이요, 천도문님이 나타나
옥황 이와 용녀 생녹별 옥황상제
모두 무릎 꿇어 자연을 보니
너희들의 죄가 분명하다.

밝혔으니 확 터놓고 회개하고 나니
너희들도 마음이 맑고 지금은
회개하고 행복하고 천도문님께
감사해야 할 것이다.

영원함이 불변불이다.

하느님은 생불이시오,
죽는다는 것은 없다.
한 번 탄생하여 죽을
인생을 왜 탄생 시키겠는가?

하늘나라 사람들은 오래 살면 살수록
더 젊어질 수밖에 없는 세상이다.

유독 인간만 죽는다.
왜 그럴까?
옥황 이가 고릴라와 지상에서
결합하여 타락한 죄로 죽는 역사가
탄생한 것이다.

바람과 공기와 산소 생명선과 물과
산천은 영원히 죽지 않는데 만물의
영장이라고 자칭하는 존재가 죽는다는
것은 그러한 원인이 있었기에
죽는 역사가 생겨났다.

생불 : 영원히 죽지 않고 산다는 뜻

모심의 시대다.

천도문님이 70년 음력 1월 21일
07시 30분 하느님 두 분과
큰 아들따님 네 분을 사불이라고
하는데 이 땅에 강림을 하셨다.
그 후 하늘 손님 모심 생활을
하시게 되었다.

처음이자 마지막으로 강림하신
조물주 하느님과 아들딸님께
신선한 과일과 정성을 다한
정화수를 올려 예를 다하시었다.

탄생의 기쁨은 하늘의 축복이다.
가족의 탄생 날, 하느님 탄생 날,
평상시도 항상 하늘을 향한 모심의
생활의 가르침을 주시고 가셨다.

천륜을 떠나서 살 수 있나?

우리의 생명은 사불님으로부터 온 것이다.

생명선을 일시에 거두면
우리의 생명은 모두 사라져 버린다.
하느님의 생명선이 없으면 우리는
생명도 없는 것이다.

옥황 이가 고릴라와 결합하여 인간의
죄악의 씨앗을 뿌렸어도 우리는 그의
천륜을 받아 태어난 것은 생명이 있는 한
생명은 하느님으로부터 왔으니

천륜이요, 천정이요 천륜과 자연과
더불어 모두 연결되는 것이다.

이제는 천도문님 공로로 하느님 한이
풀려 옛 동산으로 언제 재창조
하실 일만 남은 것 같다.

작은 데서 큰일이 일어난다.

옥황 이가 주인의 지구 공간을 탐내고
욕심내고 아주 작은 마음이 수 억 년
넘는 고통의 슬픈 역사를 만들었다.

옥황 이와 고릴라와 결합하니 예상치
않은 이상한 인간이 탄생되고 사람도
아니고 동물도 아닌 이상한 인물이
등장되고 그 후손이 우리 인간이요

태어남과 동시 연대 죄의 족쇄를
벗지 못하고 지옥문에서 헤매고 있다.

인간 세상에서도 가장 작은 일에서
시기하고 질투하고 탐내고 욕심내는
그 작은 데서 큰 일로 번진다.

죄가 몸속에 배여 있다.

옥황이의 탐내고 음해하고 시기하는
시조의 마음이 유전되어 인간들은
어떻게 하면 남을 속이고 사기를 치고

기교를 부리며 연구하는 습성이
죄의 의식을 갖지 않고 몸에
배여 있는 것 같다.

인간 조상의 진실치 못한 습성만
타고나 모두가 공의 공적에 공의의
사랑은 말로만 하고

거죽으로만 사는 세상처럼 일상화
되어간다. 고관 나리들도 거죽으로만
말하고 실천을 하지 않는 것도 똑같은
이치인 것 같다.

참 부모님의 위치

인간 입장의 기준에서 하느님의
큰아들을 참 아버지 큰딸을 참
어머니라고 부른다.

참 부모님이 천지간 만물지중을
다스리고 자유 하시며 참 아버지는
만유일력으로 빛으로 만물을 소생
시켜 주시고

참 어머님은 만유월력으로 고체에
진미를 내주시어 인간들을 살 수
있도록 온기 온도를 조절 조정해 주신다.

이러한 참 부모님을 엄청난 분을
죄인이라고 모독을 하였으니
은혜를 몰라도 너무 망각하고
사람을 주님이라고 믿으니
어리석은 자들이 아닌가?

아무리 죽은 자들이라고 하지만
사람이 주가 될 수가 없음을 분명히 알자

집을 지은 자가 주인이지
공기도 창조한 자가 주인이지
공간도 지으신 분이 주인이지
이런 분을 주라고 하는 것이다.

강림의 말씀 선포

70년 천도문님이 사불님 강림을
맞이하셨으니 하느님과 아들따님이
처음이자 마지막으로 강림 하셨다.

메시아님을 이 땅에 알려야 하고
새 말씀을 들을 자는 천륜이기
때문에 우리는 알릴 사명이 있다.

죄인들이 사는 영계는 없어지고
그 곳에 무언의 세계가 돌아왔다.

하느님 이름은 천도문체님 조부님이시고
　　　　　　　천도문도님 조모님이시다.

하느님 아들따님을 참 부모님이라 부르니
하느님을 할아버지 할머니라고 부른다.

죽은 역사란

역사책에 등장하는 세종대왕은
그분 생애는 있지만 사람은 없다.

예수님도 생애는 남아 있지만 사람은 없고
석가님도 정신과 마음을 갈고 닦아서
정액이 굳어 사리로 변하여 생애만 남아
있을 뿐, 사람은 없다. 이것이 죽은 역사다.

산 역사는 하늘에 3차원 공간에는
한 번 생명이 탄생하면 죽는 일이 없는
살수록 더 젊어지는 그런 세상이
살아 있는 산 역사다.

하늘은 나이를 상관하지 않고 산다.
항상 젊은 그대로 오랜 세월이
지날수록 더욱 젊어지는 세상이니
산 역사라고 하는 것이다.

생불 체 점지

하느님은 생불 체에서 생명을 점지할
수 있는 유전자를 지니고 가지고 계신다.
생불 체 유전자로 마리아 몸에 잉태시킨
것이 독생자다.

아바 아버지시여 어찌하여 나를
버리시나이까?
말씀하시었다. 고통이 쓰리고 아픔을
보실 때 통탄함이다.

병 고쳐주고 사랑한 죄 밖에 없는데
무슨 죄로 죽이느냐 이것이다.

그래도 성현이 아닌가? 오히려 자기
무리들 병 고쳐주고 사랑한 죄 밖에 더 있나?

12제자 발 씻어주고 이적을 행해서
죽는 자 살려주고 그래도 유전자로
탄생한 분이기 때문에 공의 사랑이
진지하셨다.

이 땅에 성현들이 왔어도 그분 사랑은
못 따라 가는 유명한 분임은 틀림없는데

아쉬운 것은 하느님 아들딸님이 죄
없으시다는 것을 생각해 내어 무고함을
밝히셨으면 얼마나 좋았을까 생각을
해 본다.

축복 이란

천지간 만물지중을 창조하신
창조주가 주셔야 참 축복이다.
축복은 무엇인가요.

영원히 죽지 않는 생명
영원히 영광스러운 것
만족하고 기쁘고 즐거운 것

명실공히 그 몸에 이르렀을 때
참 고귀한 것이다.
아무것도 모르는데 명실공히
임한다 해서 감당을 하나?

명실공히 임했을 때 술도 펼 수 있고
진법도 펼 수 있고 학문도도 할 수 있고
도의 문을 열었다 닫았다 진문을
펴고 거뒀다 할 수 있고 학문을 통한
무한정한 문을 펼 수 있는 자가 되어야 한다.

조물주 말씀을 들을 귀가 되어야

수 천 년 동안 책에 적혀 있는
것만 아니라 하느님 말씀을
들을 수 있는 귀가 되어야 한다.

이 땅에 4차원 공간이 있고
하느님 아들 딸 8남매가 계시고
인간은 옥황 이와 고릴라의
결합으로 나타난 후손이다.
이게 바로 새 말씀이 아닌가?

처음이자 마지막으로 강림하여
내리신 귀하고 귀한 생명의 길
이라는 것을 모르는 자가 어떻게
살아갈 수가 있는가?

사불님의 생애공로 귀가 번쩍
들어오지 않는가?

생애 공로라는 것은 탄생과 창조
창설 창극의 산 역사를
발견했다는 증거이다.

하늘과 땅 차이란?

하늘나라 3차원 공간은 생명선이 12선
이 지구 1차원 공간은 생명선이 5선
옥황이가 이 땅에 내려올 때 생명선 7선을
하느님이 거두셨다.

지상과 하늘은 일과 월과 해가 다르다.
여기 365일 1년이 하늘나라는 하루다.

지구에 생명선을 7선이나 거두니
바닷물도 사나워 태풍이 집도 날리고
나무가 부러지고 전쟁이 나듯 사납다.

왜 그럴까?
만물들도 인간들의 타락에
통곡하는 소리일 것이다.

하늘에 있는 바다에는 아름다운 음악
소리로 잔잔한 평화를 준다는데
하늘나라 동물들도 강자가 약자를

잡아먹을 필요가 없이 때가 되면
진미선이 오면 코로 운감하는 평화의
세계만이 존재하는 세상이다.

4차원 공간이 조물주님 집이다.

조물주를 믿는 것도 좋지만 믿음은 곧 너의
생명도 될 수 있고 축복도 될 수 있다.
참된 믿음을 참되게 갖추었을 때
영광과 영화가 있는 것이다.

하늘과 땅이 살아 힘으로부터 나타난
체와 체내가 완벽하게 흐르고 돈다.

땅에 토색은 생물들을 생하게 하고
성분을 발휘해서 아름답게 가꾸어
성장시키는 사불님의 힘이 안 미친
곳이 없다.

4차원 공간 궁극의 목적이 하느님 집이요
내 뜻이 살아있는데 인간은 미개하여
천지간 만물지중이 화평하고 화려하여
무궁 무한함을 알지 못함이 살아 있어도
죽은 자와 다름없다.

하느님 아들딸 죄 없음을 밝혔어야

이 땅에 성현들이 하느님 아들딸님
죄 없다는 것을 밝히는 것이 목적이
있어야 했었다.

이 한을 풀기 위한 기대감으로 신앙이
좋은 마리아 몸에 생불 체 유전자를
그 몸에 비몽사몽간에 꿈꾼 것 같지만
점지를 하셨다. 실제로 정신이 있고
우리와 똑같다.

다른 게 있다면 최고의 사랑을 당신이
천부적으로 타고 났고 유전자의 생불
체라는 것은 공의로운 사랑을 지니고
있단 말이다.

여호화 하늘 새 아버지께서 만국을
다스릴 만왕이라고 하셔서 만왕인 줄
알았지만, 만왕이라는 뜻은 다름이
아니고 선과 악을 분별해서 순리로

하느님 아들 따님이 죄 없다는 것을
생애 공로를 받아서 선포 하였으면
좋았을 것이란 뜻이다.

그때는 구원하는 전파의 때인 것 같고
지금 때는 알리면서 새 말씀을 선포하는
운세가 온 것 같다.

천문이 열리다.

천도문님이 조물주 하느님 강림을
맞이하여 새 말씀을 받으시고

선포하라는 말씀을 주시고
하늘나라에 가셨지만

지금은 새 말씀을 선포하는 시대다.

천도문님이 천문을 열어 천문하면
학문이든지 모든 진문을 뜻함이요

진문 속에 살아 있는 생존자들이
존재함이요, 힘을 주고받으며

거룩하고 전지자유하고, 자유
전진하고, 풍족하고 풍부한즉
무궁무한 하다는 것을 잊지
말아야 할 것 같다.

바른 생활

거짓 없는 진실 된 곳에서는
순리가 따르는 법이요 따라서
때가 있고 시간과 분과 초가

분명히 완벽하게 계획대로
짜임 있고 유모 있게 확정
확장 확대 진문 술이 슬기롭게
퍼가는 때를 맞이했은즉 무언
무한함을 알아야 할 것이다.

하느님께서 이 땅에 제일 귀한
자는 천도 문님이신데 이분이
아니셨으면 하느님과 아들따님의
죄 없으심을 순수한 순리의 진실을
누가 찾을 수가 있었을까?

그 터전 위에 하느님이 영계를 심판해
살릴 것은 살리고 없앨 것은
없애지 않았는가? 기적 같은 일이다.

천살의 결백

하느님은 천살의 결백이요
밝고 맑고 깨끗한 핵심의
진가 중에 진가요, 완벽한
결백의 완성자이시다.

그러므로 그분의 강림을 맞이하여
그분의 생애공로의 새 말씀을 받기
위하여서 소박하고 순수하고 순리의
진실의 천연의 자연의 사랑이 풍부한
마음가짐 이어야 한다.

결백의 순리가 없는 곳에는 하느님이
강림을 할 수가 없다. 천도 문님은
자연을 보고 순리로 공부하고 나타난

자연을 보아 하느님 아들딸이 죄 지을 수
없는 결백의 진실을 스스로 발견함으로써
강림하여 새 말씀을 주신 것이다.

갈고 닦는 정신과 마음

사람은 항상 맑고 깨끗하고
신선하고 신선한 천살의
결백한 조물주 하느님을

의지한즉 아름다움과 나의
마음을 깨끗이 하려고 노력
하는 의지가 필요하다.

완벽하게 닦지는 못 하지만
갈고 닦는 결심과 마음이
되어야만 천살의 하느님을

의지함에 있어 결백해야 하고
중심이 완벽해야 하고 주관이
뚜렷해야 하고 주관을 잊어버리면
이성이 없어진다.

조화체에서 조화를 이루어
찬란하게 이루어놓은 귀함을
현재 현실에 나타난 무형의
실체를 보이는 것같이 볼 수
있는 눈이 되어야 할 것 같다.

내가 너희 생명이다.

조물주 하느님께서 내가 너희의
생명이요, 너희를 죽이려면 죽이고
살리려면 살리는 이 지구는 나에게
있지 너희에게 있는 게 아니다
경고 하셨다.

생명이 너희에게 있는 것 같지만
나에게 있다는 말이다. 크고 넓은
광대 광범한 고대하신 귀한 뜻을
지녔으니

참된 모든 것을 초월할 수 있는
능가 자가 되지는 못할망정 이해
할 수 있는 마음가짐을 가져야 한다.

시기 질투 음모 음해하면 천살의
결백의 조물주 하나님과는 통하지 않는다.

왜?
오히려 사람이 얻어맞는다.
말로 해서 안 들으면 매가 따르는
법이다.

둘도 없는 한분

이 지구도 조물주님 것이요, 이 생명은
내 것인데 옥황 이와 용녀는 그자들

스스로 죄를 불러일으켜서 저지른
죄가 죄를 받게 마련이요

죄 진자가 회개해야 만이 풀리는
것이지 저지른 자가 회개하지 않으면

그 죄는 항상 원죄가 항상 솟구쳐
벗어질 수가 없을 것이다.

그런데 천도문님은 그들의 죄를
밝혀내어 죄의 내용을 샅샅이 밝혀

자백을 받고 그들도 눈물을 흘리며
무릎 꿇고 회개케 하였으니
천도문님은 둘도 없는 귀한 분이시다.

세대 차이란

옥황 이는 조물주 가정에 천사 장으로
태어나 예복과 옷으로 상황에 따라
예가 굉장한 존재였다.

자기도 공간을 가지고 땅에 임금이
되겠다는 집념으로써 자기 족속을
번성해서 살겠다는 엉뚱한 생각을
한 것이다.

귀한 하늘에서 생불체에 태어나서
땅에 와서는 옷도 없는 자가 되어
살만 나와 있어 벗고 살 때가 있었다.

옥황 이도 기막힌 일이지 수 억 년
전의 일이다. 소금도 안 먹고 살 때가
있었고, 먹고 살 때가 있었고 동물과
같으니까?

온몸에 털이 나고 원시시대
이것이 세대차이가 아닌가 한다.
고릴라 세대 때 고릴라도 괴물도 아닌

세대 그것 또한 세대 차이라 할 수
있을 것이다. 지금은 문화가 발달
되었지만 몇 백 년 전에는 여자들이
밖에 자유롭게 못 나와 다녔다.

죽음의 역사는 괴롭다.

밝고 귀한 영광의 하늘의 사불님이
하늘과 땅을 주관 하시는 4차원 공간
주인님이 강림하셨는데 하늘에 3차원
공간은 다 알지만

지상에 있는 인간만 특별히 알지 못 한다.
무지하기 때문이다. 괴로움과 즐거움이
있지만 즐거움이 무엇인지 괴로움이
무엇인지 알지 못 한다.

괴로움은 죽음의 역사를 뜻함이요
죽어버리면 그만이고 피부는 물 되고
고체는 썩어 거름이 되어도 조화 체에서
나왔기 때문에 또 균으로 전진하는 것이다.

옥황이 후손 중에 천도 문님이 하느님
생애 공로를 받아 옳고 그름을 분별
하였으니 머지않아 이 땅도 본연의
땅으로 재창조하여 돌아갈 것이다.

하느님 비극을 도둑같이 풀었다.

살아있는 역사는 영광이요, 즐거움이요,
귀함이요, 안식처가 되어 편안한 마음이
안식이요, 정신에 공부를 할 수 있는
능력이 완벽하다.

천지간 만물지중이 모두 활짝 피어
운세 맞추어 흘러왔다. 이 땅에 도둑같이
의인이 나타났은즉 그 의인을 볼 자도
없고 보아도 알 자도 없었다.

그 의인은 바로 천도 문님이요,
도둑같이 나타나 하느님 강림을
맞이했어도 보면서도 모르고 알지
못하고 무지하기 때문에 미련만 떨었다.

그 의인은 도둑같이 나타나 하느님의
슬픔과 비극을 풀어드리고 하늘나라로
떠나 가셨지만 귀중한 말씀은 선포도
안 되고 잠자고 있다.

글로써 발간되어 세상에 내놓는다.
믿거나 말거나 하는 것은 인간의
선택일 것이다.

도둑같이 영계를 풀어 심판하다

이 지구 땅 수많은 사람들 중에 천도 문님이
도둑같이 나타나서 도둑같이 영계를 심판
하여 그 자리에 무언의 세계가 돌아왔다.

그 은혜의 무한함과 즐거움이 나타날 것인즉
인간은 너무 모르니 살아 있어도 죽은 자와
같다는 이치일 것이다.

하늘 분들은 앉아 있어도 수천억 만 리를
볼 수 있고, 서면 무한함을 깨달아서 눈이
전부 동공 속에 들어오니 안다는 말씀이다.

딱 심판이 안 된 곳은 지구뿐이다.
언젠가 재창조 역사가 일어나 운세 따라
시간과 분과 초가 멈출 날이 올 것이요

죽음과 슬픔과 외로움과 고독이 물러간다는
것일 것이다. 사대 성현들이 못 한 일을
천도 문님이 하셨으니 이 땅에 신기록이요
기적이라고 하느님이 항상 하시는 것은
그만큼 큰일을 하셨기 때문일 것이다.

강림의 시대

운세 따라 보이지 않지만 조물주님의
재창조 준비는 진행되고 있으리라
외국에서부터 사막이 전진해 오는
것을 보라 이것이 전조증상일 것이다.

때는 임박하고 시간은 촉박한 이때를
맞이하여 이미 강림을 맞이하여 천륜의
새 말씀은 도둑같이 발표 되었다.

강림의 큰 뜻과 큰 영광이 한꺼번에
울려 퍼질 것이라.

천도 문님은 하늘나라 가셨어도 하느님과
아들딸님들이 수시로 강림하셔 왕래
하여도 우리 눈은 볼 수 있는 눈이
못되어도 느낌으로는 느낄 수 있다.

위대한 곳에 하느님이 강림하신 것은
천도 문님의 지대한 공로가 너무나
위대함의 증거니라.

미련한 인간들

천지간 만물지중을 지어 놓으시고
자유자재할 수 있고 조물주님
마음이지 인간 마음이 아니다.

마음 문이 막혀 있어서 정신 상태가
죽은 암흑에서 어떻게 깨어나겠는가?
이 세상은 물질로만 사는 것이 아니다.

천륜의 천정의 자연을 보고 느끼며
마음 문이 활짝 열리고 정신 문이
밝게 열릴 것이니 이것이 귀함일 것이다.

인간들에게 복을 주시려고 하는데
그 복을 차 내려고 하는 것은 그
심보들이 얼마나 미개하고 미련한
인간들인가?

참 부모님의 보살핌에 존재한다.

하늘나라 조물주님 큰아들을 참 아버님
큰딸을 참 어머님이라고 인간은 부른다.
천지간 만물지중을 조절하고 계시며

참 아버님께서는 저 우주에 만유일력으로써
빛으로 만물을 소생케 하시는 힘을 자유자재
하고, 참 어머님은 만유월력으로 고체에 진미를
내주어 모든 열매와 과일을 먹도록 해 주신다.

갖가지 은하계든지 불덩어리든지 참 부모님 두
분이 다 조절조정 해 주신다.

궁창에 올라가면 전선이 짝 깔려있어 수정기가
올라가 매달렸다가 터지고 이동진이 이동하고
저기압 고기압이 스스로가 되는 것이다.

해는 참 아버님이 자유자재 하시고
달은 참 어머님이 자유 하신단 말이다.

이렇게 은혜로우신 분들을 타락 죄를
덮어씌웠는데 참 귀가 막힐 일이 아닌가?

- 참 아버지=하느님 큰아들
- 참 어머니=하느님 큰딸

죄 짐을 잔뜩 지다.

사람이 이 세상 태어날 때는
천문지리 진전에 운세를 타고
육체에다가 세부조직망을 지니고
완벽한 오향정기를 타고
이 땅에 존재 하러 왔다.

그러나 갈 적에는 죄 짐이나
잔뜩 지고 낑낑거리고 죄 짐이
너무 무거워서 일어날 수가 없는데

못 돼 먹은 인간시조의 심보와
심술만 타고난 가정으로부터
투기 쟁투가 벌어지고 국가에서부터
정치를 못 하고 세계로부터 혼돈이 오고

그러나 하늘의 산 역사는 즐거움과
얼굴에 희색이 만면하고 얼굴이 밝아
미소가 항상 차고 넘친다.

무지함이 하느님 강림을 의심하다.

사람은 관찰력이 있어야 하고
이 세상에 없는 4차원 공간이 있고
하늘의 강림의 새 진리 새 말씀
새 희망을 알려 주어도

귀문이 열려있지 않아 의심만 하고
벌써 들어보면 죽은 역사 산 역사
분별한다. 척하면 느껴야 하는 일이다.

피조만물의 근원을 발견한다면
알아들어야 하고 하느님 생애
공로가 이 땅에 발견된다 이러면

지나간 선지자들의 죽은 역사만
듣다가도 하느님 생애 공로하면

눈이 반짝이며 살길이 열렸도다.
이래야 하는 것이 아닐까?
각자는 생각을 해야 할 것 같다.

생불 체에 담겨져 있다.

피조만물을 하느님은 당신 힘에
맞게 구성구상 하셔서 창조해
이루어 놓으신 요소가 무한정하다.

진공 속에서 핵 공 유전자 요소들을
핵 공에다가 모두 간직하고
핵 공에 가득 채워서 요소들이
전부 살아 움직이는 것이다.

가장 미세한 것 소립자 보다 더
미세한 물체가 오물오물 거린다.
이것이 전부 조화 체로 갈라져
나가면 유전자로 되는 것이다.

유전자라 해도 원리 원칙으로
생불 체에 담겨져 있는 것이
전부 요소인 것이다.

생명의 요소, 생물의 요소, 생물체요소,
생동의 요소들이 무한정하다.

생불체가 조롱조롱 매달려 있다.

조물주님이 이루신 4차원 공간이
흐르고 돌며 펴고 번성해서 나간즉
점지한즉 전진하고 확정한즉 확대되고

확대한즉 확대 진문이 슬기롭고 스릴 있게
완벽하게 되었더라. 이런 말씀의 뜻이다.

모든 것이 쌍쌍이 쌍을 잇고 줄줄이 줄을 지어
생불 체가 조롱조롱 매달려 있는데 투명으로
되어 있어 빈설선 신설선이 세부조직망으로써
감으니까 빈설분 신설분이 호화찬란하게

생불 체로 감싸 있은즉 이것이 숨 쉬는 것 같이
구멍이 뚫린 것 같이 들어갔다 나갔다

오므라졌다 펴졌다 아주 미세한 물체가
오물오물하게 보이는 것이다.

생불체 = 하느님의 생명의 유전자 근원

수면에 운행 자유

조물주 하느님은 무형실체가
분명히 살아 수면에 운행
자유 하시고 자동하심에 따라

천지간 만물지중이 활짝 피어
희색이 만면하여 모든 공급
받은 광경이 찬란하고 아름답고
윤택하고 반짝이는 빛 같이

빛을 내는 신선함이 귀하고
그 찬란함이 현재 현실로써
기후에 따라 조절 조정되어서
완벽하지만, 인간은 귀 먹고

눈멀고 정신이 암흑이기 때문에
알지 못함이 태양이 있으니
있는가 보다 시간을 낭비한즉
살아 있어도 찬란함을 모른다.

수면에 운행자유=하느님이 앉아서 수 억 만 리 한 바퀴 둘러보심

촉진의 자유

인간은 조물주가 피조만물을
지으신 그 모든 생물들이 활동하는
신비함의 귀함을 너무 모른다.

밤에 활동하는 식물이든지
낮에 활짝 피어 움직이며
모든 영양소를 받아서

만끽하는 것을 알지 못하여
수면운행 자유자재 하시는
원도 직도 하면서

촉진자유 촉동일치 이러한
촉진의 자유와 촉동의 일어나는
것을 너무 모르기 때문에
조물주를 알지 못 하더라.

원도 직도 = 초능력 발휘

공기 양선 음선이 행진한다.

조물주의 창조의 고귀한 오묘를
알지 못하고 공기선이 분야대로
확장되어 형태를 가지고 형태가
다른 데로 펴 나간다.

조물주가 창조하신 육의 세상이
공간에 펼쳐져 돌아가고 오는 것이며
율동하고 회전하는 것이며

파동쳐서 찬란한 것과 힘들이
층을 이루어 그 층면이 고귀하게
상통되고 공기양선이든지
공기음선이든지 행진하는

힘의 요소가 화학의 힘, 생문의 힘,
생동의 힘, 핵의 힘들이 보이지 않지만
사람에게 유익한 생동 핵이든지
이 공간 안에 펼쳐져 있지만,
과학자들도 발견치 못한 것 같다.

거미줄 같이 막을 펴다

조물주가 이 공간 안에 창조할 때
생물이나 생물에 유익한 가스
생물체에 유익한 가스와 가스가
터지고 일어나는 힘이 이 공간
안에 꽉 차 있다.

생동 진공의 힘이든지
자력 세내 조직파의 힘이든지
자석의 힘이든지 모두 합류
일치로 되어 있다.

기체의 힘이든지 지각의 힘으로
되어 있는 힘이든지 궤도가 가만히
있는 것 같지만 궤도에서 풍겨져

나가는 힘, 궁창에 올라가면 수정기
음선과 양선이 거미줄같이 모두
힘이 합류일치 복합적으로 층을
이루고 있다.

힘 막을 끊어 놓는다.

해와 달이 주고받으니까
만유일력과 만유월력의 힘
자석의 힘과 자력의 힘하고 서로
밀고 당겨 자력의 힘은 당긴다.

이런 힘이 한데 뭉쳐 중력의 힘이요
조물주께서 이루어놓은 귀함을
안 자도 발견자도 없는 것 같다.

로켓이 왜 터져서 올라가는가?
힘 막이 있으니까 터져야 올라가는 것이다.

하늘에서는 가는 길이 있고, 진법 진을
펴서 왔다 갔다 하지만, 로켓이 떠다니며
힘 막을 끊어놓으면 다시 이어 붙는다.

생동하고 생하기 때문이다. 이런 귀함이
이 공간 안에 꽉 차 있다.

중량이 없는 무형실체

조물주 하느님은 생생생 생문을
이루셔서 생생문 속에 생동생문을
지은 가운데 생동할 수 있는 모든
힘을 지니고 가지고 계신 조화 체
이시란 말씀이다.

여기에 5가지 조목의 정신과
마음과 음양의 요소와 생명과
힘을 지니고 가지고 계셨고
이것이 보이지 않지만 연구를 하셔

중량이 없는 무형 실체를 무한정하게
요소요소를 내신 분이시다. 당신은
당신을 알았다는 말씀이 바로 능력을
갖추고 조화체가 조화를 임의대로

할 수 있기 때문에 조화 체라고 한다.
이러한 생불 체 요소를 지니신
결정체 중에 결정체다.

조물주 하느님은 영이 아니다.

지나간 역사는 추억일 뿐이다.
죽음으로 끝난 성현들의 이야기는
그때 죽음으로 종결이 되었다는 것이다.

조물주의 말씀은 신비하여야 하고
신기록을 내야 하는 것이다.
조화기 때문에 신출귀몰 해야 하고
무지신비 해야 터전과 토대의 바탕이 된다.

터전과 토대를 바탕에 힘이 다 바치고
그 힘들이 응시되어 일심일치 일심정기로
하나로 묶여져 있어 공중에 떠 있는 것이고
진공은 무한한 힘을 싣고 다니지만
진공의 힘을 인간은 알지 못한다.

이렇게 이루신 조물주님의 공로를
인간이 부정할 수 있나? 너무나
정신이 깨어나지 못하여 사람으로
왔던 선지자를 하느님이라고 하고

복인지 축복인지도 분간 못하고
하느님을 영이라고 하니 하느님이
좋아하실 리가 없을 것이니라.

정신과 정신이 막혀있다.

인간은 정신 문을 열어놓지 못
했으니 정신과 정신이 막혀 있기
때문에 일심정기를 모른다.

마음 문을 열지 못했기 때문에
일치를 모르니 일심정기와
일심 일치를 모른다.

원문을 모르는 자는 원리를 모르고
본문을 모르는 자는 논리를 모르더라.
원술을 모르는 자는 진술과 진문의
무소부지한 조화를 모른다.

원술이란 저절로 온 것이 아니라
원술을 내어 술에는 숫자를 펴는데
지상의 숫자가 아니고 하늘의
숫자로 펴기 때문에 한없고
끝없는 것을 생각해 보자.

새 말씀은 신기록이다.

천도 문님이란 귀한 의인이 조물주
강림을 맞이하여 이미 이 땅에 새
말씀이 신기록 같이 기적처럼 내려있다.

이 공간 4차원 공간이 존재하고
하느님 아들딸 8남매가 번창하시고
천사 장이 주인을 배신하여 옥황 이가
이 땅에 내려 고릴라와 결합으로
죽은 역사가 탄생된 것을

사실을 사실대로 선포해 줘도 도대체
의문이 난단 말이니 한심한 일이로다.

이 공간이 공중에 떠 있다고 생각해 보자

조화에 의해 떠 있는 것이고 생과 힘이
응시되어 공중에 떠 있다는 것을
생각해 보라 실감이 나지 않는가?

수정체 동공의 시선이 모자라다.

조물주 두 분이 조화로 사실 때
조화로써 일심동체 일심정기
일심 일치 때 4진문도 라는
조화를 이루실 때

창설을 시작하셔서 4진 문도를
세우고 그 안에 사진 문을 둥글게
조화에 각을 세우실 때 각 하나가
지구 우주 공간보다 수천 배나
크게 이루셨다.

기둥 하나가 수천 배나 큰 조화에
기둥이 줄줄이 줄을 잇고 쌍쌍이
쌍을 지어 하느님 수정체 동공이

시선이 모자라도록 크게 만들었다는
것은 그만치 크다는 것이다.

터전과 토대를 쌓아 올리다.

조물주 하느님 두 분이 조화로
사실 때지만 당신들 자리를 잡기
위한 작전의 전술을 펴서 창조
창설을 시작 하셨다.

이때 거대한 사진문도를 조화로
이루시고 그 안에 4진문을 둥글게
세우시고 4진문에는 4해8방을 이루어
4해8방 진천 대 천문 직재라는
조화의 직제 낵조를 펴셨다.

낵조의 뜻은 조화의 정기를 모두
세부 조직망으로 펴 놓으심을
뜻함이라.

놀라운 광경을 창설해 낼 때
터전을 세우고 토대를 쌓아
올릴 때 기초를 잘 하셔서
조화를 이루어 놓았다.

직제 낵조 = 하늘에서 주신 조화의 내용의 뜻

조화에서 조화를 내시다.

조물주 두 분은 처음에 조화로만
사실 때 조화에서 조화를 내어
기초를 세우고 체계 조리로 이루셨다.

서로가 서로 원동력이 되어서
상통자유 하면서 서로 사랑이
완벽하고 평청 평창 되어
생동하는 생동감이 끓어
넘쳐흐르더라.

모든 힘들이 기초가 되어 딱
지층 같이 쌓아 올린 힘들이
상통되었기 때문에 상통되어
있는 힘들이 완벽함으로써

통문 한즉 통설하고 통설한즉
통치자유 한다는 의미이다.
이렇게 때문에 인간 생명은

조물주에 달려있고 모든 공간도
그분에 달려있고 내 것을 내
마음대로 하지 인간 마음대로는
못 한다.

한 사람 때문에 꼬였다.

사랑하는 인간조상 옥황님이여
만천하가 부럽지 않은 조물주
하느님과 아들따님을 모실 수
있는 권한과 권세와 특권과

사불님의 차고 넘치는 사랑이
풍족하고 풍부하온데 물과
유주는 주인이 있는 것 아닌가?

우리의 조상님이요, 천사 장의
신분인데 직책과 직분을 망각하고
주인의 자리를 탐낸다고 주인이
되는 것도 아니요, 종은 엄연히

생불 체 유전자에서 점지하여
탄생한 신분이요, 하느님 아들
딸은 혈통의 유전자로 탄생
되심을 누구보다 잘 알았을
것인데 지상에까지 내려와

고릴라와의 결합으로 그 타락의
죄의 씨앗이 너무 오랫동안
뿌려져서 가는 곳마다 죄악의
냄새가 악취로 가득하다.

사불님=하느님 부부와 큰아들 딸 네 분을 뜻함

참과 거짓은 분별된다.

진실과 거짓은 구분되기 때문에
수 억 년이 흘렀다 할지라도
밝혀진다는 자연의 순리의 순수한
소박의 진리 앞에는 굴복할 수
밖에 없으리라.

순리의 천륜의 천정으로 연결된
자연의 진리의 법칙을 기준으로
하느님 아들딸은 죄를 질 수가
없는 환경이요 법도인 것을

천도 문님이 자연의 천륜을 보고
깨달아 득죄인 옥황이 생 녹별
옥황상제들에게 당신들이 저질러
놓은 죄이로다.

추궁하니 진실과 양심은 불변인지라
수 억 년 당신들도 괴로웠던 죄를
눈물로 호소하지 않았는가?

천도 문님의 피나는 노력과 하늘의
효도의 충성 앞에 대역 죄인들이
무릎을 꿇었으니 하느님이 천도문체님께
신기록이요, 기적이라고 칭 하시지 않는가?

옥황상제=인간시조 옥황이가 하늘에서 낳고 온 큰아들 생녹별

세계를 향하여 선포 하자

하느님은 한번 정하면 불변이다.
한 번 탄생한 생명은 하늘은 죽지 않고
수 억 천만 년 영원하지 않는가?

아무리 큰 죄인도 회개하고 용서 받으니
죄인의 영아의 몸에서 이제는 하느님과
아들딸의 가정의 품속으로 천사 장의
의무를 수행하고 있지 않는가?

한 사람으로 죄악을 저질러 수 억 년
저질러진 얽히고설킨 죄악의 거미줄이
한 사람의 깨달음으로 모두 조물주님
품속으로 복귀가 되었으니 그 분이
바로 천도 문님이요

하느님의 강림을 맞이하여 새 말씀이
학문으로 글로써 쌓여 있습니다.
못난 제자와 자식들은 입이 있어도
선포도 못하는 벙어리가 되어 있고

어찌하면 꼭 담은 입술이 얄미울까요?

정보화 시대에 세계 인터넷 서점을
개통하여 이젠 말이 아닌 학문으로
강림의 선포를 책으로 선포해야 하지
않을까요?

천도문님= 하느님 강림을 맞이하신 분

균 없는 세상

지상나라에 변해가는 운세를 보니
때는 임박하고 재창조의 날이
가까워 오는 것 같은 느낌이다.

노아심판 때 노아가족과 그 처갓집
식구가 살아남아 그 후 인간이 또
번창 하였다.

그때 싹 쓸어 없애지 못하심은
죄인들이 하느님의 아들딸님 타락한
모독죄를 밝혀내지 못하여 또 몇
사람 살려 주신 것 같다.

이제는 옥황이가 자기들 스스로
진 죄를 후손인 천도 문님이 스스로
밝혀내어 회개하게 되었으니
순리로 내적으로 풀렸다.

보이는 이 지구에 균 없는 세상으로
본래의 지구의 모습으로 재창조할
날이 가까워 오는 느낌이 든다.

외국에서부터 사막이 번창되고
빙하가 녹아나고 지진이 일어나
모든 일에 전조증상이 있는 것처럼
예고하는 것 같이 보인다.

습성을 닮았다.

티브이에서 비치는 공적으로 공의로
백성을 위한다는 민의의 전당이라는
신선한 곳도 얼굴마다 욕심이 가득 차서
옥황 이 인간시조의 나쁜 습성을 닮아

남을 헐뜯고 시기하고 질투하고 음해하고
속마음이 투기와 쟁투로 꽉 차있으니
얼굴에 풍기는 모양이 우리들 눈에
그렇게 보이는 것 같다.

서로가 서로를 돕고 의논하고 잡아주고
당겨주고 밀어주고 협동하는 그러한
마음은 뒤로하고 내가 당선이 되기
위한 나를 위한 일에만 몰두한다.

하늘을 보라, 태양을 보라, 거지나
왕이나 차별 없이 따뜻한 빛으로
생명을 길러주며 불변의 마음으로
광명을 비춰주는 그런 마음을
가질 수는 없는 걸까?

시간과 분과 초가 멈출 때가 온다.

수 억 년 죄를 짓고 집을 나갔던
죄인들이 천도 문님이 죄를 밝혀내어
죄인들이 회개하고 원위치로 돌아왔다.

그동안 수 억 년, 수 억 년을 기다리고
기다려온 조물주의 인내와 극복이
얼마나 마음이 쓰라리셨을까?

고귀하신 천도 문님이 조물주님
아들딸님 죄 없으신 것을 발견하고
죄를 뒤집어씌운 듯 죄인을 잡아내어
토하게 만들었다.

하루아침에 없앨 수 있는 능력과
힘과 권능이 있으셔도 조물주님은
이 지상 원상복구를 위하여 시간과
분과 초를 어기지 않고 때와 운세를
기다리고 계시는 것 같다.

하늘과 땅이 화동하다.

수 억 년 뭉쳤던 하느님의 한이
풀려 기쁘다 하느님 아들딸이
죄가 없다는 사실이 기쁘고
즐겁고 시원하다.

못된 옥황 이와 용녀 옥황상제
색녹 별이 겁도 없이 저들이
죄를 짓고 감히 하느님 아들
딸에게 뒤집어씌우다니

손바닥으로 하늘을 가릴 수 있나
결국 수 억 년이란 죄악의 긴
세월 여행의 지난 역사 속에
이제야 밝혀졌으니

하늘과 땅이 화동하고 환영의
환호의 요동치는 함성의 소리가
하늘과 땅에 울려 흔들리는
흥분의 기쁨에 넘쳐흐른다.

진실의 역사는 영원할 것이다.

죄는 영원히 감출 수 없다.

대명천지 태양이 바라보고
공기의 압력으로 산소가 공급되어
그것을 마시고 생명을 유지하는
신세가 그분의 생명의 생명줄을
잡고서 살면서

하느님의 아들딸님 참 부모님의
은혜로 삶을 알면서도 저들이 죄를
회개는커녕 하늘에 있는 악별 성
자기 후손들과 공모하여

지상을 지금도 인간들의 마음을
조정하여 이리저리 싸우고 죽이고
탐내고 남을 업신여기고

강자가 약자를 구속하고 죽이는
일이 지상에 지금도 남아있는
현실이 서글프다.

죄악이여 안녕 심판의 날은 올 것이다.

재창조 역사

인간의 마음 같았으면 자기 아들딸 타락
죄인이라고 마이크 대고 설교하고 광고
했다면 재판장에 세워 처벌을 원할 것이다.

사랑의 근원 자요, 조화의 완벽한 힘의 능력이
차고 넘치는 조물주님이 당신 아들딸 타락했다고
인간들이 그렇게 수 억 년 떠들어대도

인간을 싹 쓸어버리고 심판하지 않고, 참고
참아 왔다. 몇 번 심판을 하셨는데도 노아
심판 때는 그래도 씨앗을 남겨놓아 그때부터
수십억 인간이 또 번성한 것 같다.

재창조하려면 지구의 균을 없애려면
마그마의 불물이 뒤집고 빛으로 광선으로

핵으로 치고 정신없는 역사가 일어날
것으로 예상되는데 많은 인간이 희생될
수밖에 없는 일이 온다면 어찌할까?
걱정이 된다.

체증이 뚫리다

인간은 살아 있어도 죽은 자나 다름
없다는 말은 하느님의 아들딸이 죄가
없다는 말을 들으면 기뻐 어쩔 줄

몰라 기뻐하고 즐거워 날아갈 것 같은
기쁨으로 몇 년 동안 막혔던 뱃속의
체증이 뚫린 기분으로 상쾌한 기쁨을
느껴야 되지 않겠는가?

하느님 아들따님이 선악과 따먹고 타락
했다고 하면 좋아하고 타락할 리가
있겠느냐 하면 싫어하는 그러한 인간이

하늘에 머리를 들고 하느님 아들딸님이
공기 산소 공급해 주시는 생명선을
마시고 살 자격이 되는지 생각해 보아야
할 것 같다.

미물 같은 것에 꼬임 빠지나?

하느님 조물주는 맑고 밝고 깨끗한
천살로 계신 분이시다.

죄악이라는 것은 있을 수 없다.
그분의 유전자로 하느님 두 분의
무한한 진실의 사랑으로 쌍태로

둘째 날을 정하여 큰 아들딸님
즉 참 부모님이 탄생하셨다.

앉아서 구만리를 볼 수 있는 수정체
동공이 시선이 모자라도록 밝은 광명
인데 죄를 질 수도 없고 미물 같은

뱀에 꼬여서 선악과를 먹고 죄를 졌다고
참 소설책에서나 나올법한 이야기 같다.

뱀이 말을 했다면 지금도 말을 해야 하고
선악과나무가 있었으면 지금도 있어야
하지 않는가?

하늘나라 사람들은 입으로 먹지 않는다.
코로 때맞춰 진미선이 오면 코로 영양을
운감하고 섭취하고 사는 신성님 들이란
말이다.
상상해 보라.

조화에서 조화에 장을 이루다.

조물주님은 몸체가 없으실 때도
완성이시었다. 조화에서 조화로 내셔서
조화에 장을 무한정 하게 창설을 하셨다.

몸체는 없으셨어도 조화로써 두 분이
원동력이 되어 서로가 통하고 통치
자유인이기 때문에 완성자이시다.

사랑을 주고받을 때는 조화로써 사랑을
주고받아 분별 불로써 절대한 사랑이
정신의 내용과 마음의 내용과 음양의
내용과 생명의 내용과 힘의 내용과

모두 결정체기 때문에 신선 실록조
신설 낵조를 이루기 위한 작전의
전술을 펴시었다.

신선 실록조, 신선 낵조 = 신선하고 밝은 결정체

살아 있을 때 그 사람 역사다.

이 땅에 왔다 갔던 선지자들이
하느님 말씀이라고 한 것은
선지자의 생애다.

선지자의 생애기 때문에
야곱이면 야곱이름이 박혀 있고
모세라면 모세 이름이 박혀 있고
아브라함의 구약 성경도 선지자
이름이 먼저 나왔다.

하느님 역사라면 하느님 이름이
먼저 붙어야 한다.

인간의 역사는 그 사람이 살아
있을 때 산 역사지 그 사람이 없을
때에는 이미 죽음의 추억일 뿐이다.

그래서 인간의 생애는
보잘것없는 것이다.
지나간 역사는 추억이니
더듬을 필요가 없다.

산 역사 의지함은 살아있는 자다.

이 땅에 왔다 간 선지자들은
죽었기 때문에 죽은 역사요

죽음의 역사를 배우는 것은
살아 있어도 죽은 자다.

죽음의 역사를 의지하고
가기 때문에 죽은 자다.

조물주의 산 역사를 천도 문님이
발견하고 그분들이 강림을 하셔
새 말씀의 선포의 시대를 선포
했기 때문에

산 역사를 믿고 따르고 가는 자는
행하고 정하고 통하면 이는 심판 때
살아서 영원불변한 본향 땅에
갈 수도 있다는 말씀이다.

헛된 창조물이 하나도 없다.

조물주 하느님 역사는 산 역사다.

산 역사는 당장 공간에 나타난
태양이든지 공기 산소든지 바람이든지
기름 같은 성분이든지 이것을 인간이
자유 할 수가 있는가?

인간이 못하는 것을 하시는 분이
바로 우리가 믿어야 할 조물주
하느님이니 이런 분을 믿으려면

정신도 마음도 광대 광범해야 하고
광대 광범함으로써 은혜로운 사랑이
솟구치는 자가 되어야 할 것이다.

천지간 만물지중이 불변불로
변치 않고 아무리 날이 추워서
기후가 내려가도 옷은 벗었지만

나무의 몸체는 물이 돌고 영양소를
받아서 다 살고 있고 창조해 놓은
창조물이 어디 하나도 헛됨이 없다.

조화에서 무를 내시다.

하느님 조물주 두 분은 조화로 계실 때
조부님(남 하느님)이 형성으로 조화들을
무로 형성되어 있고 조모님(여 하느님)은

조부님의 손발이 되고 나의 수족같이
귀하고 귀함이 헤아릴 수가 없었다.

아무리 우리가 조화라 하지만 조화에서
조화를 무로 내어 형성을 지닌 조화가
너무나 아름답더라 하셨다.

조화기 때문에 보고 만질 수도 있고
눈으로 보면 좋아할 수도 있고
만질 수가 있다.

조화의 주인이요, 중심이기 때문에
조화를 초래해 낼 수도 있고, 효율이
나타나서 생동감이 끓어 넘쳐흐르더라.

하느님 두 분은 조화의 주인공

조물주 하느님께서 조화로 사실 때
조화 속에는 일심정기 일심일치
일심동체기 때문에 무한한 기쁨과
즐거움이 끓어 넘친다.

만족하고 흡족하고 가진 것으로써
이용해 살 수 있는 원료를 내어
형성으로 나타나고 형성들이
찬란한 명성을 떨쳐

정경이 아름다운 광경이 멋들어진
장관이요, 놀라운 신비가 귀한지라
무한정한 공간들을 창설해 창조하여

놀라운 광경을 나타낼 수 있고 근원에
중심이 조화를 내놓는 것을 잊지 말자.

따라서 두 하느님은 조화에 주인이요
생의 주인이요, 생도의 주인이요
생조의 주인이시다.

- 생, 생도 = 생해내는 근원
- 생조 = 창조할 원료의 근원

조화는 몸과 같다 하시다.

하느님은 조화를 부릴 수 있는 능력자요
조화는 바로 내 몸과 같고 내 정신과 같고
내 마음과 같은 것이요 따라서 내 생명과
같은 것이다.

이렇게 때문에 무소부지 무언무한하다.
인간은 생각조차 할 수 없을 것이다.
이러한 살아있는 조화 분이신 조물주를
알려고 노력하고 이 땅에 천도 문님은

이러한 새 말씀을 받았으니 가장 귀한
분이요, 누구도 발견치 못하는 귀한 조화의
원문을 발견 하였은즉 얼마나 귀한 분인가?

인간들은 모를지라도 조물주님은 천도 문님을
가장 아끼는 이 땅에 신기록이요, 기적이라고
말씀 하신다.

두 분이 같이 이루셨다.

조물주 하느님은 조화로만 살 때 몸체가
없어도 완성이시기 때문에 창설을 하셨다.
창설 자유를 하셨기 때문에

거대하게 할아버지 (남 하느님)는
사진문도를 세우시고
할머니 (여 하느님)는 사진 문을 세우시고

할아버지는 또 기둥을 세우면
할머니는 각을 세우고 신선 실록 조라는
정기를 거미줄같이 이리저리 요리조리로써
지도같이 코일같이 감고 너무너무 찬란하였다.

조화의 중심이기 때문에 조화로
무궁무지로써 내놓을 수가 있었다.
핵같이 내놓는다 이것이 무다.

몇 번의 수 억 년 준비 하시다.

조물주님은 조화에서 나타난 형성을
이루셨다. 이 안에 모든 요소와 힘이
다 들어 있다.

수 억 년 전에는 자리를 정하시고
수 억 년 때는 생각을 해내시고
무한히 세부 조직을 내놓으시고

최초 전 때는 몸체가 없고
최초 때도 몸체가 없지만
수 억 년 전에는 자리를 잡으셨다.

천지창조의 준비와 설계가 수 억 년이다.
하지만 몇 번의 수 억 년이라는 것을 보아
조부님은 사진 문도를 세우시고
조모님은 사진 문을 세우시고

수 억 년 때는 생각해 내시고 구성 구상하시고
조화를 내시고 조화의 형성을 전개하심의
기간이 상상할 수 없는 수 억 년이
몇 번 넘고 넘는다는 사실이다.

하느님 아들딸 죄 없음을 떳떳이 선포하라

하느님은 몸체가 없으실 때도
조화기 때문에 완성이다.

사람은 마음은 조석 변이라지만
하느님 마음은 한결같이 유지되고
변치 않으신다.

창조물이 명예를 붙여 명예답게
생동하고 생동감이 끓어 넘치면서도
철저하고 철두철미 하고 신선하고
아름답고 깨끗한 맑은 체란 말이다.

하느님은 당신 아들딸을 죄인이
아니라는 것을 믿고 의지하는 것
하나 가지고 사랑하시고 어디를

가든지 하느님 아들딸이 죄 없다는
것을 떳떳이 내놓고 선포해야
도리일 것이다.

일심일치의 원동력

천지 창조를 준비하실 때
남자 하느님 (조부님)
여자 하느님 (조모님) 두 분이
일심일치로 서로가 원동력이 되셨다.

조부님은 기둥을 짝 세워서 만드시면
조모님은 각을 세워 이루시고
정기가 코일에 감겨 요리조리 선이

세부와 조직으로 질서정연하게
선은 영원하고 불변 절대란 말이다.

수정체 동공이 시선이 모자라도록
창설을 하셔서 창조를 하시고
기초를 쌓아 올려서 이루셨다.

인간이 헤아릴 수 있는가?
그러면 자연이 저절로 생기나
인간이 태양을 보는데 만들 수 있나
이런 것이 하느님 강림의 새 말씀이다.
한 번 생각하는 지혜가 필요하다.

하느님 두 분 서로가 협동하셨다.

조물주님 두 분은 창조의 기초를
준비하실 때
할아버지께서 기둥을 세우시니
할머니께서는 각을 세우시고

할아버지는 밖에 4진 문도를 세우니
할머니는 안에다가 4해 8방 4진문을
세우셨다.

조화로 엄청난 원을 이루시고
네모 형을 이룬 것이 4진문도요
4진문이 벌써 둥근형이 들어가
4진문이 서 있다.

몸체가 없으실 때는 조화로써 하신 것이다.
하느님이 처음이자 마지막으로
땅에 강림하여 근원에서부터
어떻게 생겨서 나온 조화를
어디서 나온 것을 말씀해 주시는
귀함을 보라

천륜이 통하면 천정이 동하여
하늘의 말씀의 선포의 시대가
운세가 왔음을 느껴야 할 것이다.

모두 진법으로 내놓았다.

하느님 당신들이 자리를 정하시고

수 억 년 전에는 생각해 내실 때
　　　　창설을 하신 것이요
수 억 년 때는 갖가지 무를 조화로 내시고
　　　이때는 태반 태도 원태도가 없을 때다.

수 억 년 전 때와 수 억 년 때는 조금씩 다르다.
이때까지는 당신들이 생각해 내신 상태에서
무궁무한하게 조화를 내고 본즉 이것이 무더라.

생태기에 속한 조화와 생태계에 나타날
조화들이 조화기 때문에 빠른 속도로
빛 같고 반짝거리는 핵 같은지라.

결정체에서 조화에 정기가 세부조직으로
이루어 낼 때라 이렇게 웅대한 정기든지
웅장한 정기든지, 모두 진법으로 내놓기
때문에 무한한 도술 문법이 경문으로 나오고

경문은 숫자와 같은 것인데 숫자들이
판에 컴퓨터에 나타나는 무언 무한정한
문법 진을 내놓을 수가 있었다.

무형실체가 있어 유형실체가 존재한다.

조물주 하느님도 4차원 공간을 이루시기
어려운 난관을 넘으셨다.

인간들은 밥이나 먹고 배설이나 하고
곤충같이 살아서 모르지만 사람이라고 하면

하느님의 애로도 생각하여 그 두 분 하느님이
이 세상을 바라보며 그 한이 왜 맺혔겠는가?

천도 문님이 하느님 아들딸 죄 없으심을
풀어드렸다 할지라도 한이 있다는 것을 느끼자.

그것은 왜?

인간들 때문이라는 것을 분명히 알아야 할 것 같다.
수많은 세월 속에 인간들이 하느님께서 원료로
개발해 창작하시고, 창설하시고 창조하신 유형

실체가 혼자만 존재하는 줄 알지만,
무형실체가 있음으로써 유형실체가 존재
한다는 것을 우리는 잊지 말아야 할 것 같다.

인간들 때문에 고뇌 겪으셨다.

조물주 하느님께서 피골이 상집토록 구성
구상하신 창조 창설 창극의 결과물이다.

수많은 인간들을 사랑하고 귀하게 여기시는
것을 분명히 알고 살아야 될 것 같다.

우리가 하느님을 함부로 생각해도 안 되고
달라고 보챌 수도 없는 상황에 놓여 있는
인간이 뭘 잘 했다고 하느님 보고 뭘
안 주나 속으로 생각하는가?

하느님이 오늘날까지 무서운 고뇌를
겪으셨단 말이다.
하지 못한 인간들 때문에 고뇌를 겪었다.

인간 시조가 천사 장으로 이 땅에 내려와
동물과 결합한 죄악의 씨가 차고 넘쳐서
재창조하실 그 애로가 얼마나 많으실까?

헤아려 보아야 할 것이다.

인간은 하느님의 종의 자격도 힘들다.

조물주 하느님이 조화 분으로써 인간의
정신과 마음과 행동과 심보를 보았을 때

인간들이 배설해 내는 데서 구덕이가 바글
거리는 구덕 이와 같은 인간일 것이다.

그분의 눈은 광명이라서 현미경 수 억 배
보다 더 밝은 광명이라서 인간의 전체가
균 덩어리이니 구덕이가 오물오물 거리는
깨끗지 못한 인간이다.

우리가 강아지를 기를 때 주인을 잘 따르면
예뻐하듯이 복슬강아지를 비유하면 적당한
비유가 될 것 같기도 하다.

인간은 동물의 피가 흐르고 돌고 있고
하느님의 종의 천사 장 옥황이의 타락한

후손의 득 죄인이다. 종의 자격도 상실한
미개한 인간의 모습인 것 같아 씁쓸하다.

강림의 시대 선포

하느님은 70년도 이 땅에 처음이자
마지막으로 강림하셔 천도 문님의
몸에 실려 천주의 새 말씀을 선포
하라고 이 세상없는 말씀을 주셨다.

못된 인간 시조가 죄는 자기들이
저질러 놓고 생명줄과 생명선을 공급해
주시는 조물주 하느님 아들딸님께
죄를 졌다고 기록에 남겨 놓으니

인간은 미개하여 그것을 믿고 그분을 죄인
이라고 수 천 년 동안 재방송 선전포고
하고 있으니 마음이 편하실 리가
있으시겠는가?

다행히도 천도 문님의 귀하신 의인이
나타나서 득 죄인들을 찾아내어 운세
따라 새 말씀 선포의 시대를 맞아
이제는 떳떳이 선포를 해야 할 것이다.

수면에 운행 자유 하신다.

오늘도 하느님은 무한정한 조화로 이
땅에서도 쉬지 않으시고 지속 연속으로
가을이 되면 열매 맺혀서 곡식이 익어서
거둬들여 인간들이 식물을 먹게 하시고

봄 되면 소생케 하시고 전부 생동감이
끓어 넘쳐서 없는 것이 없이 다 먹여

살리려고 골고루 다 하셔서 노력을 해
주시고 두 하느님이 얼마나 바쁘시겠나?

아들딸님이신 참 부모님께서 원동력이
되신다 할지라도 두 하느님께서 역사
하시는 것을 알아야 하고 얼마나 수면에
운행 자유 하시겠는가를 한번 생각해 보자

강림의 은혜는 천도 문님의 공로로
사불님의 맺힌 한이 풀림의 귀한
기적이요, 신기록이요, 기쁨이라.

태초에는 신선 했었다.

조물주 하느님께서 태초에 신선하게 원료를
만들어서 결정체에서 나온 원료들이 벌레가
득실거리고 자기들이 스스로 만들어 했지
누가 만들었나?

왜 그럴까?

인간이 깨끗하게 살았으면 공해나 오물도
없었을 것 아닌가? 옥황 이와 용녀가 원죄와
타락 죄로 말미암아 먹는 것을 알게 되었더라.

먹고 배설하니 배설물이 오물이 되어 흘러가고
하느님께서 두고두고 기름의 원료를 쓸 석유를
전부 파서 뒤집어엎어서 인간이 옷도 만들고

그것으로 별것을 다한다. 며칠 안 살고 죽을
인생이 얼마나 살겠는가? 돈돈하며 살아가는
인간은 죽어야 마땅할 존재들이다.

인간은 100년 시대라 하지만 하느님이 보실 때는
하루살이 인생이다. 하루살이가 인간이 볼 때는
하루 살고 죽는데 그들은 오래 산다고 하는 것과
무엇이 다른 것이 없는 것 같다.

핵심으로 묶여 동체이시다.

하느님이 조화로 사실 때는 두 분밖에 없지만
몸체도 없고 조화로 사실 때 일심일치 일심정기
동체라는 것은 일심정기가 되어 있기 때문에
동체가 되는 것이다.

두 몸이지만 하나로 되어있다.
그것은 왜?

조화의 핵심으로 묶여져 있기 때문이다.
핵심으로 묶여져 있으시고 할머니는 할아버지를
도와주시고 애쓰시는 원동력이 되어 있으시고
할아버지는 사랑이 넘치며 아껴주시는 그런
조화가 끓어 넘쳐흘렀더라.

당신들은 이 조화로 사랑을 하시고 조화로 만끽하고
만족하고 흡족하고 몸체가 없으실 때니 육체관계를
하겠어?

조화로다가 하시는 불변불이시다.

이때 당신들은 생각을 해내서 창설을 해내신 것이다.
이런 공간을 이미 벌써 다 알기 때문에 발사해
내겠다는 것을 생각했기 때문이다.

하느님 몸이 완성되시다

조화에 천체자유를 벌써 자유 할 수 있는
능력을 갖추었기 때문에 권능자다.

하느님 말씀이 신비하고 아름답고 찬란해야지
조화로 무를 내고 무의 조화에서 갖가지 생을
내어서 저장할 수 있는 행 생을 이루시고

생불체로 건너가셔서 당신 몸이 완성되니까
생생 문에서부터 근원근도 원 파가 생기고
당신들이 내용을 갖추어 놓으시고 행 생에서
근원의 원료를 내놓으셨다.

한 공간만한데서 발효 발로 발휘 그 다음에
요소를 발사해 내는 것, 성분의 요소 조화
그것을 가지고 있는 것이다.

생명체가 있는 것은 조화의 요소로 나와 성분과
요소하고 얼마나 다른가? 이렇게 명확하게 나온
것이다.

행 : 생의 근원을 뜻함

자리 잡는 작전의 전술

조화로 사실 때 조화의 중심이란 말씀이요
단 두 분만 조화이신데 조화로 내실 때가 있었다.

만드는 것은 창조라 하고, 처음에 내놓는 것은 창작
이라고 또는 창도라고 한다.

처음 당신들 자리를 잡기 위한 작전의 전술을 펴시는데
4해 8방 4진 문도는 할아버지가 세우시고 할머니는
사진 문안에 4해 8방 4진문을 세우시고 눈에 보이지

않는 조화로 네모 형은 4진문도요 할머니가 창설하신
것은 둥글고 둥근 갖가지 조화의 컴퓨터가 붙어 있고
빛살 같은 조화가 발사해 내는 광경이 멋들어진
장관을 이루었더라.

이때에 신선신불로가 잡은 자리는 신설 넥조로써
조화로다가 조밀 된 청밀조직으로 살같이 뻗치었다.

조화의 찬란한 광채가 일심정기로 세내 조직
으로 되어 세내 조직파가 완벽하더라.

터전과 토대가 찬란하다.

조화로 창조하실 때 할아버지 하느님께서는 혼자 다
하시려고 하셨는데 할머니 하느님께서 원동력이
되셔서 생각지도 아니했지만, 할머니 하느님이

할아버지 하느님 보다 더 하나라도 더 해주시려고
애쓰는 심정이야 말로 너무너무 거룩 거룩하더라.

서로가 진지한 사랑은 정신과 정신으로 마음과
마음으로 서로가 일심일치 일심동체로다가 서로
불변 불에 그 찬란한 사랑을 나누었더라.

이 공간을 이루시기 얼마나 피나는 노력을
했겠는가를 생각해 보아야 할 것이다.

갖가지 문법 진을 쳐서 문을 쳐서 그 문에 따라서
진을 치고 진에 따라서 문을 쳐서 그 문에 따라

술을 펴고 술에 따라 모든 것을 핵같이 이루어
조화로써 이루어놓은 터전과 토대가 찬란하더라.

터전이 없는데 토대가 있겠나?

터전을 세워 토대를 쌓아 올려 반석같이 굳은
조화로써 무한함을 이루셨다.

이때 몸체는 없지만 창설해 내고 나서 조화에서
내가 지니고 있을 수 있는 생태계 조화를 생명체에
관해 있는 조화 생문에 관해있는 조화를 종류별대로
나누어서 무로다 내시었다.

이것을 인간들이 하겠는가?

이렇게 완벽하고 철투철미 하고 불변절대하고
약속대로 시간을 딱딱 지키고 어기지 아니하고
딱딱 맞추었다.

몸체만 없다 뿐이지 조화기 때문에 조화로 무한정
내야 한단 말씀이다.
조화로 살 때는 조화를 냈다는 말씀이요
모든 생태계의 조화를 무로다 내었다.

무로다 내놓고 본즉 이것이 너무나 찬란하더라.
이것이 없으면 안 될 상황이요 내가 이용해
써야 하기 때문이다.

두각이 나타나시다.

조화로 이루실 때 수 억 년이 걸렸다.
수 억 년 전에는 수 억 년이 걸리고
창설하시기까지 또 수 억 년 때에는
조화에서 무한한 생을 내는 것이다.

근원의 생을 내서 그 생이 원문과 본문과
본질의 질서를 유지하고 지속 연속으로
추진 자유롭게 체계와 조리를 이루었다.

수 억 년 때 조화에서 가르고 쪼개고
나누어 분해하고 분별하고 분리진문을
딱딱 정해서 과학의 철학을 내기 위한
작전이 전술이었다.

이때 최초 전 때는 갖가지 조화에 생을
무로다 내었기 때문에 지닌 것과 가진 것이
두각이 나타났더라.
이렇게 피나는 노력을 하셨다.

최초 때 행 생 핵 좌정 하시다

최초 전 때는 두각이 나타남으로써
태반 태도 원태 도를 이루고 이때도
육신은 몸체는 없지만 결정체로다가
아주 평창을 이뤄 놓았다.

지층 같이 쌓아 올려서 원태 도를 이루고
생태기와 생태계를 거처할 곳을
만들어야 할 것 아닌가?

그래서 생태기는 지니고 있는 것이지만
생태계는 가지고 있는 것이 아닌가?

이때 갖가지 생을 내어 저장을 하기 위한
작전의 전술이 행 생 핵이다.
행 속에 생을 저장하고 생에는 정기가 꽉 차있다.

당신을 지니고 있는 것은 태반 태도 원태 도에서
떠나야 되니까 최초 전에 태반에서 떠나서서 최초 때
행 생 핵 행 속에 들어가야 안정되어서 좌정할
태반에 계셨다.

당신들 몸체의 내용물을 준비할 때이다.

몸체 탄생 전 원료를 준비하셨다.

조화 체에서 생을 무한히 내서 행 속에 저장하시고
당신들 내용물을 풍부히 저장을 하시었다
생이 없으면 안 될 상황이다.

유전공학을 세우기 때문에 핵을 발사해서 가르고
쪼개고 나누어서 종류별대로 힘살로 갈 것은 가고

힘줄로 갈 것은 가고 정자 난자 유전자로 갈 것은 가고
내용물을 준비해서 어디로 가느냐?

생불 체 속으로 그 태반을 가지고 들어가서
탄생을 하시는 것이다. 어떻게 천도 전을
꽝꽈꽝 하면서 생 생문 첫째 날 탄생하셨다.

탄생하기 전에는 벌써 원료들이 꽝꽈꽝 터져서 한
공간만한 곳이 원료가 와글 버글 끓고 이때는
자기 탄생하실 때에는 요소를 발사해서 소립자
소립조 처음에는 파문이 일어나고 확산 되었다.

원죄와 타락 죄의 구분

조화의 생문을 쳐서 생생 문도진이 생도가
생산해 내고 생생 통대가 형태를 만들어
생문 생이 선도가 선을 짝짝 펴서 체계 조리로
이루셨다.

이렇게 과학으로 만드셨다.
동내독도도 있고 화락 화진도도 있고 도백
도독 원진도도 있고 하늘 문자로 하면
인간이 알겠는가?

이 멍텅구리 같은 바보 인간들, 하느님이 이렇게
애를 쓰고 이루셨는데 이 공간을 망가트려야
되겠는가? 참 비통한 일이다.

원죄가 뭔지도 모르고 인간이 태어나서 원죄라는
것 있다고만 하지 원죄도 타락 죄도 모른다.
그걸 누가 밝혔나?

천도 문님이 밝혔지 않는가?
원죄라는 것은 천지락 하늘나라에서 진 것이요
타락 죄는 동물하고 결합한 것을 말한다.
땅을 치고 통곡해도 옥황이 놈이 동물하고
타락을 해,

아차 순간을 잘못 지켜서 하느님을 통탄하게 하고
하느님 아들딸을 죄를 졌다 뱀에 비유하고
선악과에 비유하고 기름 가마에 살살 볶아
먹어도 신통치 않은 분통이 터질 일이다.

지구는 하늘 새 공간 이었다

하느님의 셋째 아드님이 여호화 하늘 새님 인데
하늘 새라는 별 성인데 최초에 이름을 따서 지구
라고 하고 그때 처음 나온 것이다.

하느님의 셋째 아들 여호화 하늘 새님이
죄인 악별 성들이 판을 칠 때 판관으로
계실 때 저들이 여기서 지구라고 작전을 펴는 거야

옥황상제가 하느님 아들딸을 죄를 졌다고 하고
생녹별이 바로 자기가 여호화 하느님이라고 하고
하느님 노릇을 했단 말이다.

지금 와서 천도 문님이 발견해서 이 세상에 밝혀진 것이다.
그래서 악별 성은 교회 같은 곳에 가서도 자기가
우두머리로 살고 악별 성의 장난에 놀아난 것이다.

하늘 새 공간을 지구라고 하고 하느님 셋째아드님
여호화 이름을 따서 자기가 여호화 하느님이라고
했고, 아담 해와 라고 해서 죄를 졌다 여자가 먼저
선악과를 따먹고 남자에게 꼬여서 먹게 했다.

이렇게 상징적으로 한 거야 자기가 하느님 노릇을
한 것이고 구약성경 때에도 많은 선지자들을 마음대로
부려 먹었지!

옥황의 후손 생 녹별이 하느님 노릇 하다.

지구는 원래 하느님 셋째 아드님 여호화 하늘 새
공간이다. 생녹별 옥황상제가 하느님 노릇을 해도
모른다. 선지자들 중에 똑바른 정신을 가지고 있다면

하느님의 산 역사를 이 공간을 보아서 자기가 스스로
풀어야 되는 거야 자기 스스로 이것은 하느님도 상관
할 수가 없어 왜?

우리가 옥황이의 후손이기 때문이다.
왜 그럴까?

타락에 물들어 있는 옥황이의 후손이야 그러니까
하느님이 상관을 하려고 해도 상관 할 수가 없었더라.
이게 핵심이요 이렇게 하늘 새 혹성(지구)을 갖다가 주었지만

값없이 주셨어! 물이든지 태양이든지 인간들을 공의 공적에
사랑을 자연히 되어있는 상태에서 산 것이요,
원죄의 타락된 후손들이기 때문에 인간들을 상관치도
아니 하셨더라. 만약에 사랑하고 상관을 하셨다면 다르지!……

죽음의 역사는 인간의 역사다

오늘날까지 흘러온 인간의 역사는 죽은 역사다.
반면에 산 역사는 하느님의 역사다.
죽은 일이 없으니까?
죽은 역사의 이 공간에 증거가 어떻게 나타났느냐?

공해가 꽉 차있고 굉장히 독약을 먹고 살고 우리 몸이
신선하지 못하단 말이요, 성화 되지 못했기 때문에
미물의 고기도 먹고, 육식도 먹고, 이렇게 살아온 것이다.

먹고 싸고 이 문화가 발전되면 될수록 더러운 거름은
더 많아 이제 때가 왔기 때문에 그렇단 말이다.

문화가 발전되면 될수록 땅은 신선해야 하고 그 더러운
거름은 없어져야 하고 우리 몸은 성화 되어서 아주 현인이
되어야 하는데 죄인이 안 되어야 되는데 그런데 우리는
먹어야 살거든 이것이 죽은 역사의 증거이다.

하느님 세계는 안 먹어도 진미선이 있기 때문에 먹지
않아도 배부르고 진미선으로 살기 때문에 균이 없다.

연회석에서 떡이라도 먹으면 딱 산화를 시켜서 없애
버린다.

이 모든 것이 옥황이의 인간 시조가 저지른
죄악 때문이요, 종결될 날이 가차와 오는 것 같다.

220

없는 죄를 만들어 뒤집어씌웠다.

이 세상 지구의 타락의 원인이 어디서부터 왔는가?
인간시조 옥황이가 고릴라와 결합하여 후손이 죄악의
씨앗을 이 공간에 생육 번성하여 못 쓰는 씨를 풍성하게
가득 채워놓았으니 옥황 이와 생록 별에서부터 이 국가를
형성하였단 말이다.

국가를 형성하는데 서로 대통령하려고 하지, 국회의원하려고
하지, 그런 법이 어디 있어 그것은 질서가 없는 것이요
지속 연속으로 유지되지 않는 거야 대통령이나 국회의원도
영원히 하는 것은 아니니까?

산 역사 속에 죄에 물 들은 인간들만 풍성하게 나놓아서
이것들이 죄인들이야 알기나 하라.
하느님이 상관하려야 못한다.
당신 자손이 아니기 때문에 타락의 후손 고릴라
후손을 어떻게 하느님이 상관을 하시겠는가?

하느님의 아들은 아담이요, 딸은 해와다.
흙으로 빚어서 코에 생기를 불어 넣어서
여자와 남자를 피조물처럼 만들었다는 것은
죄인들이 만들어 낸 말이다.

하느님 아들딸에게 허물을 씌워가지고 늘 대적하는 마음으로
하느님 아들딸은 죄인이다. 자기 후손들에게 가르쳐서
사상이 박힌 것인데 그들의 죄의 정체가 드러났다.

단군의 등장

이 지구공간이 바로 하느님 셋째 아들 여호화 하늘새
아버지가 원래는 그분의 집이었다. 그런데 옥황이와
용녀가 내려와 죄악의 씨를 번성하고 옥황이는 고릴라와
결합하여 동물도 사람도 아닌 이상한 괴물을 낳았다.

선사시대 전에 옥황이가 내려오는 역사가 수 억 년 이
걸렸고 선사시대 전부터 하느님을 믿고 왔지만 단군
이라는 사람을 갖다가 인간시조로 안단 말이지

단군이라는 사람은 동물의 탈을 많이 벗었는데 단군 때
사람이 조금씩 개방되어 나오는 거야 그래 가지고 조직
이라는 것을 만들어 힘센 강자만 세워서 자기가 최고다
명령하고 순응 순종하면 자기가 왕이다 최고다 하였었다.

그때 단군은 얼굴에 털이 많고 가슴에 털을 세우고 꽁지가
붙어 있었어 작은 까만 꽁지가 그냥 저절로 떨어진 줄 알지만
애를 낳으면 자꾸 꽁지가 떨어지면서 없어 졌어 그 전에는
괴물로 네발로 기어 다녔단 말이다.

단군은 손톱이 매 발톱 같이 뾰족해 그때도 생식을 많이 했고
그래도 집이라도 우수하게 만들어 놓고 살고 이럴 때였다.

남의 이름을 빼앗아 가다.

이 땅은 조물주 셋째아드님 하늘 새 공간인데 옥황
이가 자기 것으로 만들려고 이름을 지구라 바꾸어
지었다. 옥황 이는 하느님 가족과 같이 살 때도
지구를 탐내고 지구에 올 맘을 버리지 않았다.

결혼의 허락도 없이 하늘에서 자녀들을 무한히 무리를
번성하였고 큰아들 이름은 생녹 별인데 그 이름도 하느님
둘째아들 천도성님의 이름을 따서 지었다. 그리고 옥황
이는 지구에 내려오기 전 큰아들 생 녹별을 불러 자기

이름에 상제를 부여하여 옥황상제의 통치권자의 권한을
주고 내가 지구에 내려와 죽거든 인간들의 마음을 통하여
지상과 하늘에 자기 무리들을 통치하라는 명을 주고 왔다.

이 땅에 내려 부인 용녀와 괴물 아이는 벽산에 올라 8년
동안 하루도 빠짐없이 빌고 빌어 기도 단을 쌓아 하늘도
올라가고 옥황이 혼자남아 홀아비가 되었다.

그는 아차 순간을 참지 못하고 고릴라와 결합으로 그들은
인간시조가 되어 죽음의 슬픈 역사를 출발 시킨 비극의
주인공이 되었다.

하느님 아들딸이 어떻게 죄를 짓느냐?

하느님 아들딸이 어떻게 죄를 질 수 있을까?

이것은 옥황이의 후손 중에 누가 풀어야 할 과제였다.
그분이 풀었다 바로 천도 문님이 자연을 보고 순리의
법칙을 보고 절대로 죄를 질 수 없다고 판단을 하셨다.

옥황 이와 용녀 생 녹별 옥황상제 그 무리들 연놈들이
죄는 자기들이 져 놓고 하느님 아들딸에게 뒤집어씌운
그들을 잡아내어 굴복을 받아 하느님의 한을 풀어드린
역사적인 광명의 기쁨이 이 땅에 서광이 나타났다.

하늘나라는 큰아들은 천지락, 둘째아드님은 천도성,
셋째아드님은 여기 지구 하늘 새 공간, 넷째 아드님은
자전세계, 과학의 세계야 여기는 자동세계, 천지락은
자연의 별개 이상세계, 3차원 공간에 번창 되어 계시다.

이 공간 지구 1차원 공간만 동물의 씨가 반이 포함되어
옥황이의 저질러진 죄가 천신만고의 노력으로 천도문님이
하느님 모독한 죄인들을 발견하여 풀어서 하느님이 모두
영계를 심판하였다. 지금은 영계자리에 무언의 세계가
돌아왔다. 이것이 새 말씀이다.

마음에 따라 상관해 주신다.

하느님께서는 인간들에 공적에 공의 사랑을 베풀어
주신다. 공기 바람 산소 생명선을 늘 공급해 주신다,
그러나 지상의 옥황이의 후손의 타락의 인간들은
사랑하지도 상관하지도 아니 하신다. 이런 말이야

왜?
인간을 사랑하지 아니할까?

거기에는 기막힌 사연과 통탄할 일이 있어,
하느님을 울리고 기막히게 속 썩인 거야
당신아들딸이 죄를 졌다고 하고 칠판에
남자 여자 사람 모양을 그리면서 그것도 더러운 입에

담지 못하는 죄를 지었다고 타락론으로 강의하는
강사가 있는데 그들은 운세 따라 앞으로 태양이
보고 있음을 알고 반복하지 않기를 바랄 뿐이다.

하느님이 우리를 상관하신다면 우리를 이렇게 놔두지
않을 것이다. 인간이 이런 죄를 범할 수가 없는 거야
항상 풍성하고 영광 도를 누리며 살게 하시겠지

당신의 혈통이든지 천심의 혈통이든지 천심이 뭐냐
생불 체에서 나온 것 똑같이 사랑하고 상관을 하신단
말이다 마음에 따라 사랑하시고 상관하신다.

인간의 마음을 꽉 잡고 판친다.

천지간 만물지중이 확장되어 갖가지 장이
펼쳐져서 생동하고 생동감이 끓어 넘쳐흐르는
것을 보았을 때 천륜의 천정을 느낄 수 있는
자가 되어야 하고

이 공간은 옥황이의 후손인 악별 성에 사는
색 녹별 옥황상제가 이 땅에 인간들의 마음을
꽉 잡고 국가를 형성하고, 종교를 형성하고
사업가든지 자기들이 판을 치고 산단 말이다.

그렇기 때문에 서로 잘 살라고 시기 질투하고
서로 속이고 속고 이런 것, 죽고 죽이고 이런단
말이다. 아 너만 돈이 많아 나도 어쩌다 속으로
이런 것을 가지고 있고 그러면 도둑 심보다.

돈을 생각하기 전에 우리 내세를 정리하고
때가 임박한 이때를 맞이하여 밝은 정신과
마음을 갈고 닦아야 할 것이다.

참 부모님 죄 없음을 떳떳이 전하라.

하느님 강림의 선포의 시대를 맞이하여 강심을
가지고 용기 당당한 욕망이 꽉 차있는 미래가 있고
꿈이 있고 확고부동한 목적과 목적관이 분명함으로써

진실 되고 죽음을 내놓고 하는데 이것은 실존님이
실존을 내신 것을 가르쳐주고 생명과 모든 우리
정신과 마음과 음양과 천륜의 사랑과 일일이
천도 문님이 새 말씀을 알려주었는데

왜?
말씀을 못 전해줘 입을 바늘로 꿰매놓았나!
입을 접착제로 붙여놓았나 왜 못할까?
하느님 아들딸 참 부모님 죄 없다는 것을
떳떳하게 전할 수 있어야 한다.

왜?

더러운 사탄한테 겁이 나서 입을 못 벌리고 주저주저
하니까? 욕을 먹는 것이다.

하느님은 역사를 하셔도 광대 광범한 것을 하시고
운세에 자유 되게 즉각적으로 모든 것을 자유자재
하시니 능력의 자유가 되어야 할 것이다.

수 억 년 하느님 통탄 하시다.

인간시조 옥황이 용녀가 하늘나라에서 원죄와
땅에 내려 타락 죄를 저질렀다. 저 천지락 하늘
나라에서는 무엇을 저질렀느냐? 옥황 이와 용녀가
하느님의 법도와 계명을 어긴 것이 원죄요 바로
수 억 년이 걸렸다.

타이르고 또 타이르고 오랜 세월이지 그 세월동안
조부님 조모님 (두 하느님)이 얼마나 속히 상
하였을까? 우리들이 가슴속으로 생각해 보자
저 근원에 터전과 바탕을 생각해 보라.

조화에 터전과 바탕을 이루시느라 얼마나 애
쓰셨는데 세상에 생불 체 속에다가 탄생을
시켰는데 그렇게 욕심내고 탐내니 그 어쩌겠나?
하느님이 죽일 수 있어, 죽일 거야, 살릴 거야 !

자식이라도 거죽으로 낳지 속으로 어떻게 났겠는가?
아무리 좋은 뜻을 가졌더라도 싫다는데 어떻게 해?
하느님의 통탄하심과 아픔을 몸소 실천으로
느껴야 할 것이다.

자신이 죄를 불러 죽음을 선택

하늘에서 원죄를 짓고 또 땅에 내려서 옥황 이와
용녀가 150년 동안 깜깜한 곳에서 살았다.
성경에 나오는 소리가 태초에 천지를 창조하니
무슨 뭐가 공허하고 뭐가 어쩌고 했지?
아주 공허하다는 소리가 어마어마한 거야

말이 그렇지 사방에서 울려 퍼지는 소리
음산한 소리 흙바람이 일어나는 소리
흙바람이 몰아치는 소리 그래도 하늘 새
하느님 셋째아들 공간을 뺏으려고

지상에 와서 자기가 왕이 되고 싶어서 그래도
회개를 안 한 거야, 다른 것이 아니라 그게 바로

생명선 12선이 도는 것을 7선을 거두는 시간이야
거두니까 일 월 해를 365일로 단축을 시켜버렸다.

하느님은 시간과 공간을 초월한다니까 이 시계가
가긴 가는데 그 시계가 단축된 것을 보라 엊그제
여름인데 이제 가을 겨울 또 봄이야 번개 같이
세월은 가니까? 빨리 갈고 닦아야 할 것이다.

불토는 공기의 근원이다.

생생생 생문 생에서 불토의 근원이 나왔다
불토는 공기의 근원이다.
불로 볼래에서 산소와 공기를 발사해서
정확하게 만들어 놓으신 것이다.

생 공기 생 바람이 나오고 공기 생
공기가 층으로 이루어져 있지 않는가?
탄소라는 것은 전부 화학에서 나왔다.

무한한 생물의 생명과 같은 것이다. 오죽하면
수많은 탄소들 산소들 통계로 나온다.

학문 속에서 지혜가 나와 지혜로워야 하고
하느님 말씀은 딱 들어서 확신을 했을 때
내 마음속에 딱 서로가 내적으로 문답할 수

있는 정신이 되어 있어야 하고 많이 배울수록
비유와 상징에 나오는 말씀을 딱 들을 수 있는
귀가 되어야 한다.

진동을 치면 불과 불이 닿는다.

하느님은 일 초에 인간의 머리카락을 다 셀
수 있는 초능력자다. 다른 것 보지 말고
분화구 뚫어내시는 것을 보라

지진을 일으키는 것을 보라 사람들은 지진이라고
하지만 미안하지만, 진동이 울려서 짝짝 짜개
놓으면서 분화구가 뚫리지만 지진이 아니라
진동을 치니까 불과 불이 닿으니까

돌과 돌이 부닥쳐서 불이 난다. 그러면 진동이
이루어져 짝 펴지면 거기서 마그마 같은 것이
삐죽삐죽 나와서 어마 어마하다. 생각을 해 보라.
이 공간에 만들어 놓은 것, 밥 먹고 살게 해 주시고

성령을 내려 주시어 생물들을 기름 같이 윤택하게
여름엔 내려주시고 갖가지 영양소를 내려서 성분을
고려해 주시고 지저분하면 벌레 이런 것 다

치우시느라고 비가 와서 깨끗하게 싹 쓸어가고
이렇게 큰 사랑은 공의로 해 주시지만,
소소한 인간에 대한 사랑은 상관 하지 않으신다.

하느님은 거창한데 강림하지 않는다.

우리가 하느님의 생애 공로를 알아야 무한한
학문을 알 수 있고, 어떻게 사람은 태어났는지
알아야 된다고 사람은 진화되었다고 학교에서
배웠지만 천만에 말씀에야 사람은 괴물로서

세대를 따라서 애를 낳으면 괴물도 아니고
고릴라도 아닌 것을 한 세대는 고릴라를 나놓고
몇 백 년 지나니까 원숭이도 아닌 고릴라도 아닌
것을 났어.

한 세대는 원숭이를 난거야 오면서 지금
개방되어서 동물의 탈을 많이 벗었어.
아직도 원숭이 형태를 벗지 못 했다.

하느님께서는 거창한데 강림하시는 데가 아니야
정신이 통하고 마음이 통할 때 그것도 인간한테
많이 속으셨기 때문에 인간을 살리려고 무한히
애를 많이 쓰셨거든 그러니까?

하느님께서 우리 정신에 들어갈 수 있는 마음에
자리가 있어야 한다.

우리 정신과 마음을 보면 타고난 본능을 버릴 수가
없다. 탐내고 욕심내고 시기하고 질투하지
투기하고 쟁투하지 이렇단 말이다.

하느님이 강림 이미 하셨다.

하느님께서 이미 강림 하셨는데 사람을 하느님
아들이라고 한 것은 잘 못된 것이고 우리 인간도
자손이 있는데

왜?
하느님께서 자손이 없어?

하느님도 아내도 있고 주체와 대상이 있고 아들딸도
있고 이 궤도를 벗어나 저 궤도에 천지락에 가면
자손이 생육하고 번성해 충만 하라.

이 소리는 무슨 말인가 하면 당신 혈통이 생육하고
번성해서 충만 하라고 했어.
죄 많은 인간을 충만하라고 한 것 아니다.

죄 많은 인간들은 저의끼리 주고받고 짐승같이
애를 낳고 살았다.

하느님은 늙지 않고 젊은 그대로 계속 생하고 정하고
통하니까 늘 젊은 그대로다. 인간은 먹고 마시고 배설
하고 공해 속에서 독약을 먹고 해서 100년도 안돼서

늙어 꼴불견 보기 싫지만, 하늘에는 내가 무엇을 먹고
싶다 하면 진미선이 와서 코로 운감 하여 영양이 공급
됨으로 머리가 시원하고 몸도 시원하단 말이다.

미래의 꿈이 확고하시다.

우리 죄 많은 인간도 주체와 대상이 잘 연결돼 잘
주고받아서 아들딸을 낳는데 하느님이 왜? 미래와
꿈이 없겠느냐 말이다. 하느님이 이런 말씀을 하셨다
나는 나를 알았지 하면 당신은 당신을 갖추었다는
것이요

능력을 갖추셨기 때문에 나에게는 미래와
꿈이 확고하지 이렇기 때문에 희망차고 희망관이
있다 이런 말씀 뜻이라. 미래를 조화로 보시기
때문에 그 다음에 나에게는 목적과 목적관이 완벽
하지 하셨다. 그것이 불변불이다.

나에게는 뜻이 있다. 이렇게 말씀 하셨다. 인간도
땅이 많이 있으면 큰아들 주고 작은아들도 주고
이러잖아 그것은 하늘에서부터 내려온 법칙이다.

하느님은 큰 아들은 이 궤도를 벗어나서 저 궤도에
들어가면 천지락 자연공간을 주신 거야, 여기 지구는
여호화 하늘 새 셋째아들 공간인데 인간이 살고 있고
둘째 아들은 천도성을 주셨다. 천도성이 어떤 공간
인가하면 그 공간도 찬란한 공간이다.

거기는 꽃님도 찬란하고 축복받는 성이다. 생명선은
남자가 서고 선앙선은 여자가 선다. 그럼 부채 같은
것이 사람 몸을 확 감싼다. 이게 쌀 적마다 주체와
대상이 사랑을 느끼는 것이다.

뱀은 미물이다 하느님 아들딸 꼬일 수 없다.

하느님이 저 하늘 생 공간에서 70년도 초 처음이자
마지막으로 천도 문님의 공로로 강림을 여기까지 오셨다.
하느님의 파는 근원 근도 원 파인데 바로 생 공간이다.

인간도 여자 남자가 있는데 왜?
하느님 부부께서도 천지 근원을 내어 전부 창설하셔서
창조하시고 창극을 이루어 놓으셨는데 그분이 왜
아들딸이 없겠느냐?

그분을 닮은 요소가 어떻게 죄를 짓게 되어 있느냐?

또 뱀이 미물인데 고기 같은 미물이라는 거야 발도 없고
꿈틀거리는 것, 배에 있는 비늘로 세워서 간다. 비늘이 발이다.

오래오래 묵은 것은 쥐 발처럼 4개가 있고 발 고락이
가늘고 길고 귀도 요만하게 달려있고 산으로 하도 다녀서
그런 것은 내가 본 사람이다 천도 문님의 말씀이다

또 독사가 오래오래 묵은 것은 진조라는 새가 되려고 꽁지가
딱 떨어져 없어!
살모사 같은 것은 꽁지가 뾰족하지 미물들도 도가 차면
그런 살모사 독사 같은 것이 진조 라는 새가 된다.

그래서 잔칫집이나 큰일 하는 집에서 왜 챙 (천막)을 치는지 아니?
모를 거야 진조라는 새가 지나가면 죽기 때문에 챙을 치는
거야 다 의미가 있다. 그냥 치는 게 아니다.

바람으로 접을 붙인다.

공적의 공의 공급의 사랑의 질서 속에
1년 12달 365일 절기 따라 주시는
은혜 속에 인간들이 존재한다.

메마른 대지에 비를 내려 주시고 봄에는 바람이
침 바람을 붙여 살살 접을 붙여주신다.

나비가 붙인다는데 나비는 가가지고 염분 당분을
빨아 먹어서 깜 북이 밖에 안 된다.
여기저기 앉으니까 조금은 도움은 되겠지

바람으로 살살 사랑바람으로 불어 벼도 접을
처음 붙이시고 3번은 붙여 주신다. 봄 되면
침 바람이 불어서 나무눈을 딱딱 뚫어 놓아
잎이 벌어져야 하잖아!

모든 생물이 소생해야 하니까 땅에 침 바람은
타전을 쳐주셔 그러니까? 오족 오족하며
싹이 올라온다. 우리가 사물을 간직할 수 있는
매개체가 되어야 하고 소중하게 생각할 수 있는
사람이 되어야 한다.

하늘 정치는 관문이라 한다.

하느님께서는 터전과 바탕을 몸체가 없으실 때
조화기 때문에 조화로 이루시고 그 터전을 이루어
어마 어마하게 네모 반듯하게 할아버지 하느님은

4진 문도를 세우시고 할머니 하느님은 둥근 원안에
4해4문을 세우시고 그 기둥 하나가 이 우주공간
보다 큰 것이 수억 천만 가지가 넘는다.

조화에는 뭐가 있을까?
조화의 정기는 생이다.
생의 정기는 생생이다.

생 생의 정기는 힘이다.
힘의 정기는 명기와 정기이다.
이렇게 모든 것이 질서를 유지한다.

그래서 문진이라는 것은 갖가지 학문을 열어서
그 학문의 체계가 문진 문관 학문을 연구 해
내는 것, 관문은 정치를 관문이라고 하며 관직은
정치에 일하는 것이 직책의 직분을 세워서
모든 업무를 맡아라. 해서

정치를 하는데 공적의 공의롭게 공급자유 한다.
그럼 공급 자유가 어떤 것이냐?
질서가 정연하고 그러니까 원문에서 본문, 본문에서
본질, 본질은 질서를 지속 연속으로 유지한다.

조화에 아름다운 꽃을 감상하다.

천지간 만물지중의 자연의 화평의
조화에 따라 아름다운 꽃을 핀 것을
보면 감사히 생각할 줄 알아야 되고

저 꽃도 어떻게 생겨서 꽃가루가
참 신선 하구나! 이렇게 조물주께
감사하며 감상을 해야 한다.

이래야 하는데 뚝뚝 꺾어 가지고
시들면 탁 버리고 그런 망신살
뻗치는 것이 어디 있는가?

꽃도 쌔하는 소리를 내며 피는 꽃도
있고, 싸하고, 화하고, 소리도 내며
피는 꽃도 있고, 야화는 밤에 펴서

12시 지나면 오모라 지고 이런 모든
것을 소중히 느낄 수 있는 감미로운
정신과 마음으로써 감상을 하고
관심과 관점을 정확하게 느껴 보자.

생물들의 동화작용 일치

천지간 만물지중이 음양 지 이치로 산다.
왜? 모든 생물들은 동화 작용일치 할까?

깊은 산에 가서 소나무를 보면 소나무와
소나무가 말을 하는데 바람과 바람이
불면 음악소리가 나서

자기들끼리 말을 하는데 이 땅이 서글퍼서 우는
소리가 있고, 즐겁게 웃으며 말을 할 때가 있다.

절기 따라 딱딱 때가 있고 운세가 돌기 때문에
그렇게 딱딱 한다. 이것이 다 하느님 말씀이다.

산에 가서 바위를 보면 저건 사람 같다 저건
임금 같다. 용 같다. 양 같다. 호랑이 같다. 이렇게
보이거든 저 집 봐라 어떤 궁전 같은 것 같이
보이는 것은 조화기 때문에 그렇게 보이는 것이다.

하느님이 강림을 하셨으니 머나먼 저 생 공간에서
강림을 하셨으니 우리는 어떻게 해야 잘 할까?
하느님 아들딸이 죄가 없으시다는 것을 만천하에
선포하고 마음이 신선한 생각을 가져야 할 것이다.

함축으로 되어있다.

조화의 하느님은 핵심의 진가의 내용이
함축으로 되어있다. 인간은 조화의 요소이고
생물들은 성분의 요소와 조화를 이룬다.
우리가 흙을 보자 흙도 토색의 성분이
수억 천만 가지가 넘고 넘는다.

그것은 왜?
황토색이니 흙색이니 청색 많잖아 도자기를 굽는
사람은 머리 있는 사람은 흙을 잘 받아 이용
잘하면 유학을 가서 배우는 것보다 좋을 것이다.

흙도 생토 흙이 있고, 썩은 흙이 있고
흙도 참 많다. 한문처럼 누르다 누른 것만
있는가? 갖가지 색색으로 되어있고

배추 무 고구마 감자 인삼들이 잘 되는
흙이 있고, 생토 흙에는 고구마가 잘 되고
열매 달리는 것이 잘 된다.

모래가 끼는 곳에는 땅콩이 잘 된다. 거무트그리 한
돌밭에는 감자가 잘되어 맛있고,
왜?
그게 다 함축으로 되어 그런 것이다.

공전이 멈추면 운세가 바뀐다.

자연의 운세가 힘을 싣고 돌아간다.
1년 12달 365일 딱 되면 공전이 딱
멎는단 말이다.

스톱하면 다시 운세로 돌린다.
한 가정도 평탄함으로써 그 가정이
복이 오는 법이다. 그러니까 자기 운명철학을
자기가 지니고 살단 말씀일 것이다.

될 수 있는 한 서로가 아끼고 사랑하라.
천지를 조화로써 창설을 하시는데
할아버지 하느님은 네모 반듯하게 조화로
4진 문도를 딱 세우고 컴퓨터로 짝 숫자로
서로가 응시하고

할머니 하느님은 안에다가 둥근형으로
둥글게 둥글게 4문을 조화로 세우셨단
말씀이다. 동서남북 4문을 세우셨다
할머니 하느님도 엄청 나시다.

할아버지가 어떤 일을 해도 할머니는 더
해드리지 못해 애를 쓰시고 할아버지는
할머니를 아끼는 거야 서로가 서로를
위하시는 거야, 정신과 정신으로 마음과
마음으로 불변불로 사랑하신다.

강림의 새 말씀 운세가 왔다.

하늘사람들은 눈이 광명 이란 말씀은 그만치
밝다는 것이다. 천도 문님께서 70년도 하느님
강림을 맞이하여 새 말씀이 선포 되었다는
의미와 가치를 감사히 느껴야 할 것이다.

노아 때도 원래 배를 4층으로 지어야 해, 그런데
3층을 짓고 끝냈어, 그 처갓집 하고 했는데 급
하잖아 노아님은 하느님 말씀을 자꾸 들으니까
빨리 가자 해도 안 가는 거야 저거 무슨 비가 와도

안 가는 거야 그 다음에 뇌성병력 하고
(성경은 없다고) 딱 보니까 노아님 말씀이 말이
맞거든 그러니까 노아들 따라서 전부 도구를
챙겨서 들어가라고 했어

무슨 산에 가서 짝짝 데려와 그런 말이 어디 있어
산에 막 물이 차 올라오니까? 동물들이 헤엄쳐서
배로다 들어오는 거야 살려고 (천도 문님 말씀)
난 그래서 이랬지 노아님 참 좋으셨겠어요!

배 위에 두리둥실 두둥실 아주 전부 배 멀미해서
전부 호랑이는 호랑이대로 전부 자빠져서 비가
다 오고 나니 고요해졌다 잖아! 비둘기 얘기도 있지!……

인간의 마음은 조석변이다.

지상에 인간은 정신과 마음이 못돼 먹어서
그 기묘한 요소가 있는데 좋지 못한 것만
가지고 있다. 자기가 가르치는 제자를 이렇게
보았을 때 항상 감수하라. 반성하라. 반성을
여는 자 회개하라.

스승한테 야단을 들으면서도 자기가 깨끗하게
잘했던 못했던 순응 순종을 해야 해, 감수해야해
달게 받아야 해, 그런 자는 승리한다.

인간의 마음은 조석변이라고 하지만, 밥 하려면
한 시간 걸리잖아 조석변이 아니라 아주 분 초 로
막 변화를 일으키는데 그런 조화를 가지고 있어
요랬다 저랬다 이런 자기 스스로 저지르는 거야

자기가 괴로움을 만들어 가지고 괴변 작주하는
그런 조화를 인간이 가지고 있어, 인간은 원리와
논리를 펼 수가 있는 거야 그러니까 거짓말쟁이더라.

거기다가 원죄에 타락 죄에 연대 죄로다가
죽 내려 왔는데 자기 조상 연대 죄와 자기 잡음
죄에다가 뒤범벅을 해 놓으니 이게 깨어나기가
힘이 든다.

쨍 하면 해뜰 날 온다.

세상 돌아가는 노래도 운세 따라 나온다.
하느님께서 쨍하고 해뜰 날 돌아오리라.
우리 눈을 쨍 열어 놓았단 말씀이로다.
딱 본단 말이야, 보인단 말씀이다.

그자는 승리한 자란 말아야, 안 보이는 자는
승리를 못 한다. 그러니까 쨍 을 잘 알아야 해
꿈을 앉고 왔단다. 내가 왔단다. 하느님이 꿈을
앉고 강림하셨지 쨍하면 해뜰 날 밝은 광명이
돌아온다는 거야

천 년 만 년 살고지고 달아달아 밝은 달아
이런 노래가 있어 그게 하늘에 노래야 한 때는
그 노래가 왔었어, 또 한때는 남진 가수의 그것도
운세로 온 거야 저 푸른 초원 위에 집을 짓고
그것도 하느님이 강림을 하셨을 때 나왔다.

새 말씀을 듣고 선포를 안 하니까? 이 은하
노래가 꼭 다문 입술이 얄미워, 어제 한 말이
아리송해 어찌 알겠어? 그래도 나는 네가 좋아
이것은 너희들 놓고 하신 말씀이다.
천도 문님의 말씀을 요약 정리한 것이다.

인간은 못된 조화만 가졌다.

하느님께서 조화이시기 때문에 인간도 조화를 지니고
있기 때문이다. 그래서 그 욕심이라는 것이 한없는 거야
하늘 분들은 조화의 요소다. 조화를 지녔기 때문에
무궁무지로 낼 수 있지만 인간은 조화를 지녔어도

알지 못해 하지 못하고, 못된 조화만 가지고 있다, 안 되는
조화, 욕심내는 조화, 탐내는 조화, 그런 조화를 가지고 있기
때문에 남자가 죽겠다고 일해도 돈 안주면 돈 안 준다고 바가지

딱딱 긁지 말고 서로가 이해를 하고 서로가 화동이 되면 자연이
화동이 되고 화동이 됨으로써 그 집에 분위기가 온유하다.

엉뚱한 생각하지 말고, 분수를 지키고 덕을 쌓고, 그 덕을
쌓으면 그 덕이 어디로 가겠어? 부처님 말씀 한 가지로
공든 탑이 무너지겠느냐? 공을 들여서 쌓은 탑은 무너지지
않는다.

모래 위에 쌓아 올린 탑은 와르르 무너지면 패가망신한다.
모래 위에 쌓아 놓았으니 비바람이 불고 그야말로 비로
쓸어내려 언제 있었더냐? 깨끗해져 버린다.

하느님 강림의 새 말씀 새롭게 전개되는 이치와 의미를
알았으니 그 법회가 너무너무 아름답고 거룩 거룩하고
찬란하더라.

함축의 사랑

천지간 만물지중이 모두 음양 지 이치로 살고 있더라.
이성에 사랑은 다음과 양으로 이루어져 있고
음과 양에서 천지간 만물에 들어가면 거기에는

부모의 사랑, 친구의 사랑, 나라의 사랑, 친척의 사랑
형제의 사랑, 모든 것이 함축되어 있는 학문의
내용이 함축으로 되어 있다.

조물주 하느님의 말씀의 한 마디 한 마디가
불변 불이라는 것을 잊지 말아야 하고
근원의 원문과 본문이 있음으로써 생생 문에

나타난 그 원문에서 원리와 논리를 펴진
무한한 장들이 살아서 숨 쉬고 생동하고
생동감이 끓어 넘쳐흐른다는 것을 잊지 말라.

죽은 역사는 죽은 인간의 생애를 더듬어서 만날
무엇 하는가?

이미 지나간 것은 추억이야 아무 소용없고
공기와 바람과 산소와 이 우주공간을 창조한
주인이 주가 되는 것이지 사람은 주가
될 수 없다는 것을 분명히 알아야 한다.

수면에 운행 자유란?

우리는 살아계신 실존님들의 강림을 맞이했기 때문에
하느님과 그 실존님들이 살아서 존재하고 수면에
운행 자유를 하시기 때문에 지도같이 이렇게 보면

벌써 한눈에 딱 들어가 살펴보는 것을 운행이라고 하고
수면에 한 번 이렇게 둘러보는 것을 수면에 운행 자유
하신다는 뜻이다.

우리는 그런 실존님의 강림의 새 말씀을 주시는 그런 분을
알았기 때문에 지금 때는 귀한 분들을 모시고 받드는 시대요,

누가 도에 덕을 바르게 쌓아 올렸는가? 밝혀지는 것이요
천만에 만만에야 덕을 쌓은 사람만 밝은 광명의 날이 올 것이다.

그 덕이라는 것은 좋은 일을 해야 하고 바르게 살아야 하고
자기를 잘 지켜야 하고 이행하여야 하고 모든 것을 전개
하여야 하고 이것이 덕을 쌓는 것이다.

그러한 사람은 분수를 지키기 때문에 또한 자기를 알기
때문에 항상 자기를 알려고 노력하고 자기를 더듬을 볼 수
있는 이러한 자가 되라는 것이다.

하느님 아들딸 탄생 둘째 날

하느님의 아들딸 참 부모님이 탄생한 날 둘째 날이다.

하느님의 유전자로 쌍태로 남매 탄생하셨고
참 부모님 날은 어떤 날인가 하면 생도 생조
생생문 생생생 생문이 둘째 날이다.

천도전이 꽝꽈광 하고 발사하고 나타날 때 이것은
생 공간 생생문 첫째 날 하느님 두 분이 탄생한
날이 생생문 첫째 날이라고 한다.

생문이라고 했지, 왜? 생문이라고 할까?
원료의 문을 여시고 모든 것을 발사해 내면
공간을 만들 수 있는 능력의 발휘 자이시기
때문에 이런 말씀을 하신 것이다.

왜 이런 말씀을 하셨을까? 생이 안 들어 간곳이
없단 말씀이지, 지금의 공기도 생 공기, 바람도
생 바람, 생이 들어가 있기 때문에 살아 존재하고
있다는 것을 말씀하심이다.

벌써 생도, 생도에 들어가면 생생 통대 선도가
합류되어 생도가 나오면 생도는 생산해 내고
통대는 형태를 만들어 내고, 선도는 층을 이루고
장은 장대로 펼 수 있는 체계 조리로 밀도로써
조밀도 청밀 도로써 조직으로써 조직하면 세부와
조직이다.

생조의 원료

하느님은 4차원 공간을 창조하기 위하여 조화로 계실 때
조화로써 마음대로 조화를 부릴 수 있기 때문에 모든
원료와 재료를 지구 우주 공간보다 몇 배나 큰 생조 라는
공간에 재료를 저장하여 준비 하셨다.

이 생조에 저장된 원료가 살아있기 때문에 이 생조의
원료가 와글 버글 하면서 왱쌩 왱쌩 하면서 왕왕하고
우르릉 퉁탕하며 위로 올라가서 파문이 일어나면 모여서
직선과 곡선이 딱딱 되면 제 자리 떨어져 그것이 식으면
고체를 이루는 것이다.

또한 액도 낵도 동내 독도 동낵도가 있는데 이런 것은
액체 물을 갖고 하는 것이고 또 화락 화진도 도백 도독
원진도 이런 것은 갖가지 진도와 암석을 말한다.
그러니까 우리는 새로운 학문이 아주 생동감이 끓어 넘쳐

생각만 하여도 보기만 하여도 아주 몸이 날아갈 것 같아
가만히 있다가도 나도 모르게 힘이 나고 다른 사람은
맥이 빠져 쑥 쳐지지만 학문의 강림의 새 말씀의 이치만
생각하니까? 몸이 둥둥 뜨는 것 같고 그냥 즐겁고
얼마나 좋은 일인가?

천도 문님이 하느님의 강림을 맞이하여 새 말씀을 주셨으니
참으로 귀한 신기록이 기적 같은 일이 지상에 일어났도다.

조화 때 창설 하셨다.

하느님은 몸체가 탄생 전부터 조화로 계셨다.
조화라는 것은 가장 귀중한 것이고 하느님 밖에
아는 분이 없고 왜 처음에 조화로 사셨느냐 하면
조화로 되어있기 때문에 조화로 계시니 조화 분이
조화를 내실 수 있다는 말씀이다.

이때 조화로만 사시는 분이시기 때문에 당신은
4해 8방 4진문도 라는 조화를 이루시고 그 이루시는
과정이 바로 창설이더라. 이렇게 창설을 하셔서 완벽하게
조화로다가 아주 불변불로다가 이제 창설을 하시는 과정의 때다.

이때에 할머니(여 하느님)께서는 4해8방4문을 세우시고
이것이 또한 창설이요, 원래 조부님이 혼자 다 하시려고
하셨지만, 조모님이 더 조부님의 일을 도우시려고 무척이나

노력하시고 애쓰시는 그 과정을 본다면 너무나 조부님의
마음이 조모님이 하시는 일을 보시고 너무 기특하게 생각하며
즐거워 어쩔 줄을 모르겠더라.

이때에 그 창설의 과정에서 너의 할머니는 내 원동력이 되어서
한 가지라도 더 도와주시려고 애쓰시고 또 서로가 그 조화로써
사셨지만 몸체는 없지만 서로 일심정기 일심일치 일심동체기
때문에 불변 불이시다.

핵심의 진가 결정체다.

하느님 두 분은 조화로 사실 때 서로 일심정기이시요
일심정기는 바로 서로가 서로를 위하여 존경 존중하는
그 귀함은 아주 명백하고 불변 절대하고 완벽이요
이럼으로써 동체라는 말씀이니라.

동체는 두 조화가 하나로 이루어지기 때문이요 따라서
정신의 내용이든지 마음, 음양, 생명, 힘, 핵의 내용이든지
핵심의 진가가 바로 아주 결정체요, 그 조화로써 핵심의

진가가 완벽 절대 불변하기 때문에 만족하고 흡족하며
아주 흠뻑 하기 때문에 서로가 서로를 흠모하며 즐겁게
살았다는 말씀 이니라.

창설의 자유가 조화로써 이루어놓은 그 놀라움이 정말
완벽하다는 말씀이요, 이때에 나는 그 조화에 기둥을 창설
할 때니라. 기둥을 이루어 줄줄이 줄을 짓고 쌍쌍이 쌍을

지어 서로가 주고받는 그 놀라움이 무한정한 조화가 풍기는
지라. 조화가 무언 무한한 무를 낼 수가 있는 능력을 우리는
갖추었기 때문에 조화 때 벌써 우리는 우리를 알았고 따라서

미래가 있고 꿈이 완벽하며 그 희망이 있음으로써 희망관이
불변되어있고 따라서 목적이 있음으로써 목적관이 완벽
하셨다는 말씀이다. 이런 것이 새 말씀이 아닌가? 인간 세상에
죽은 사람의 역사의 추억만 믿으면 죽은 자라는 뜻이다.

하느님이 천도 문님을 통해 말씀한 내용

조화로 계시며 각을 세웠다.

하느님은 조화로 계실 때 내 뜻이 완벽 하였는가 하면
당신 자리를 터전을 잡아 그 터전이 무한한 조화로 되어
있기 때문이요. 그 조화는 영원불변이기 때문이다.

영원불변한 조화가 없다면 우리도 없고 너희도 없는
것이니라. 이렇기 때문에 터전을 이룰 때 4진 문도를
세웠고 너의 할머니는 4해 8방 4문을 세웠고 따라서
나는 할아버지는 조화의 기둥을 창설해내고 너의

할머니는 각을 숫자를 놓았지 이 세상 숫자가 아닌
것이요, 생 생문 생생 천체를 자유 할 수 있는 이러한
귀한 조화로써 각을 세웠지 이렇게 때문에 그 각은

아주 무한정한 생문을 내서 조화에 생문으로 각을
세웠고 또 조화의 능력이 있기 때문에 기둥을 세우는
대로 너의 할머니는 찬란한 신선 실록 녹조라는 이러한
신설로로써 아주 찬란하게 창설을 하였더라.

여기의 할아버지 할머니는 = 남 하느님 여 하느님을 칭함

조화의 창도 관을 이루었다.

하느님께서 조화로써 조화를 낼 수밖에 더 있겠는고?

조화는 조화를 내게 되어 있고 조화는 무한한 무를
형성할 수가 있느니라. 조화에서 형성을 이루지
조화가 없는데 형성을 이루겠는가 한 번 생각해 보자

이 무지한 인간들아!

이와 같이 이 창설 내용을 본다면 이것도 무한정하기
때문에 무요, 이 무를 이루기까지 수억 년이 걸렸다는
것을 잊지 말라. 이렇게 때문에 근원 전 때에 수억 년

이란 세월을 지냈지 이때는 안락한 행복이 깃들었고
행복 가운데는 그 영광도가 완벽하였지 왜 완벽 하였는가
하면 영광도가 있는 곳에 편안한 마음에 안식이 정해있고

없는 것이 없이 무한정하기 때문이요, 또한 모든 것을
생산해 낼 수가 있음으로서 그 조화에 창도 관을
열 수가 있고 그 조화에 창도를 내기 때문에 창도관이
있다는 것을 잊지 말라.

창도관은 조화에서 무한정한 무를 내놓기 때문에 그
조화에 생산에 창도가 있다는 것이니라. 이럼으로써
그 관을 이룸으로써 창도 관이라고 하는 말씀이요
이러한 천지 자유가 모두 터전에 조화에 달려 있는
것이니라.

강림의 새 말씀

하느님께서는 무한한 값없는 사랑으로 우리를 생명을
주시고 먹고 살 것을 주시고 모든 것 다 주셨다.
이런 것을 내가 그 원문과 본문과 원리와 논리와 따라서
그 본질의 질서와 지속 연속 유지라는 한없고 끝없이
너희들이 알아듣기 쉽게 말해서 공기층이 있으니까?

항상 이 공기가 가득 차 있기 때문에 우리가 숨을 쉬고
살잖아 공기가 있음으로써 산소가 있는 것 같이 이런 것을
우리가 깊게 생각해 본다면 그냥 하느님이 강림을 하셨다고
해서 그냥 듣고 있지 말고 그저 강림을 하셨나? 이렇게 생각
하면 안 된다.

확신을 하고 의지할 때 너희들이 세상에 아무리 없다 할지라도
이렇게 머리에 스쳐 가 알려 주신다. 하느님이 살아 계시기
때문에 산 역사라는 것을 한 번도 생각하지 않았지 그것을
다 알려 주어서 알았지!

천도 문님이 강림을 맞이하여 새 말씀을 받음으로써 알았지
몰랐을 것 아닌가?

생명의 근원이든지
화학의 근원이든지
생명체 근원이든지
생물체 근원이든지
생물의 근원이든지 갖가지 물리학이 무로 다 함축되어 있다는
것을 조리 있게 질서 정연하고, 아주 밀도 있고 청밀 되게 합류되어
합류화로 이루어져 있다.

순리의 역행은
죽음의 길

김영길 제3시집

초판 1쇄 : 2016년 9월 8일

지 은 이 : 김영길

펴 낸 이 : 김락호

디자인 편집 : 이은희

기 획 : 시사랑음악사랑

인 쇄 : 청룡

연 락 처 : 1899-1341

홈페이지 주소 : www.poemmusic.net

E-Mail : poemarts@hanmail.net

정가 : 12,000원

ISBN : 979-11-86373-44-6